우리 고전 다시 읽기

장화홍련전

장화홍련전

구인환(서울대 명예교수) 엮음

㈜신원문화사

머리말

수천년 동안 한 민족이 국가의 체제를 갖추어 연면한 역사와 전통을 계속해 왔다는 것은 인류 역사를 살펴봐도 그렇게 흔한 일이 아니다. 그리고 그 민족이 고유한 문자를 가지고 후세에 길이 전할 문헌을 남겼다는 것은 더욱 흔한 일이 아닐 것이다.

이러한 면에서 볼 때 우리 한민족은 세계 어느 나라와 비교해도 손색없고, 자랑스러운 역사와 전통을 이어왔다. 우리 한민족은 5천 여 년의 기나긴 역사를 통하여 수많은 외세의 침략을 받아 백척간두의 국난을 겪으면서도 우리의 역사, 한민족 고유의 전통을 면면히 이어온 슬기로운 조상이 있었다. 이러한 까닭으로 오늘날 빛나는 민족의 문화 유산을 이어받은 것이다.

고전 문학(古典文學)이란 실용성을 잃고도 여전히 존재할 만한 값어치가 있고, 시대와 사회는 변해도 항상 시대를 초월하여 혈연의 외침으로 우리의 공감대를 울려 주기에 충분한 문화적 유산이다. 그러므로 오늘을 사는 우리들은 조상의 얼이 담긴 옛

문헌을 잘 간직하여 먼 후손들에게까지 길이 이어주어야 할 사명감을 가져야 할 것이다.

고전 문학, 특히 국문학(國文學)을 규정하는 기준이 국어요, 나라 글자라면 우리 민족의 생활 감정을 표현한 국문 작품이야말로 진정한 국문학이 된다 할 것이다.

그러나 우리 고유 문자의 탄생은 오랜 민족 역사에 비해 훨씬 후대에 이루어졌다. 이 까닭으로 우리 민족은 일찍부터 외국의 문자, 즉 한자가 들어와서 사용했다. 이처럼 우리 선조들이 고유 문자가 없음을 한탄할 때에, 세종조에 와서 마침 인재를 얻어 훈민정음이 창제되었다. 하지만 여전히 한자가 독보적인 행세를 하여 이 땅에 화려한 꽃을 피웠다. 따라서 표현한 문자는 다를지언정 한자로 된 작품도 역시 우리 민족의 생활 감정을 나타낸 우리의 문학 작품이다. 이러한 귀결로 국·한문 작품을 '고전 문학'으로 묶어 함께 싣기로 했다.

우리 글이 창제된 이후에도 우리 선조들의 손으로 쓰여진 서책이 수만 권에 달한다. 그 가운데에서 국문학상 뛰어난 몇몇 작품을 선정하는 것은 물론 산재해 있는 문헌의 자료를 수집하기 위해 숨어 간직되어 있는 작품을 찾아내는 것도 여간 어려운 일이 아니었다. 그럼에도 이만한 성과를 거두고 이만한 고전 문학 작품을 추리는 것은 현재를 삼는 우리의 당연한 책임이자 의무이다. 다만 한정된 지면과 미처 찾아내지 못한 더 많은 작품이 실리지 못한 것이 아쉬울 따름이다.

엮은이 씀

차례

장화홍련전 · 11

작품 해설 · 44

콩쥐팥쥐전 · 49

작품 해설 · 81

옥낭자전 · 87

작품 해설 · 131

장화홍련전

　화설(話說)[1]. 조선국 평안도 철산 땅에 한 사람이 있었으니 성은 배(裵)요, 이름은 무용(武用)이라. 본디 향족(鄕族)으로 좌수(座首)를 지냈는지라, 성품이 순후하고 재산이 넉넉하여 부족함이 없었으나 다만 슬하에 혈육이 없음을 매양 슬퍼하더니 하루는 부인 강씨가 몸이 고단하여 침상(寢牀)에 의지하여 졸고 있는데 문득 하늘에서 한 선관(仙官)이 내려와 꽃 한 송이를 주거늘, 부인이 받으려 할 즈음에 홀연 광풍(狂風)이 일어나더니 꽃이 날려 부인의 몸 속으로 들어오거늘, 부인이 깜짝 놀라 깨어 보니 남가일몽(南柯一夢)이라. 좌수를 청하여 몽사(夢事)를 전하니, 좌수 가로되,
　"우리가 자식이 없음을 하늘이 가련히 여기사 귀자(貴子)를

---

1) 고대 소설에서 이야기를 시작할 때 그 첫머리에 쓰는 말.

점지하심이로다."
하며 서로 기뻐하더니 과연 그 달부터 잉태하여 열 달이 되매 문득 방 안에 향기가 진동하며 한 옥녀(玉女)를 낳으니 용모와 기질이 비상 특이하매 좌수 부부 사랑하여 이름을 장화(薔花)라 하여 장중보옥(掌中寶玉)으로 여기더니, 장화 2세 되니 강씨 또 태기가 있어 열 달이 되매 부부는 아들 낳기를 주야로 빌더니 막상 딸을 낳은지라 마음속으로 섭섭하나 어쩔 수 없는지라 이름을 홍련(紅蓮)이라 하니라. 장화·홍련 자매는 점점 자라매 얼굴이 화려하고 재질이 기묘하며 효행이 더욱 특출하니 좌수 부부 사랑함이 비길 데 없던 중 너무 숙성함을 매양 염려하더니 시운(時運)이 불행하여 강씨 홀연히 병을 얻어 병세가 위중한지라. 좌수와 장화 자매가 주야로 약을 쓰고 간호하였으나 조금도 효험이 없는지라. 장화 자매 초조하여 하늘에 축수(祝壽)하여 회춘(回春)을 바라더니라.

　이때 강씨는 자기의 병이 낫지 못할 줄 알고, 장화 자매의 손을 잡고 좌수를 청하여 슬퍼하며 가로되,

　"첩이 전생(前生)에 죄가 많아 이 세상이 오래지 아니하리니, 죽기는 섧지 아니하되 장화 자매를 부탁할 곳이 없으니 지하에 가도 눈을 감지 못할지니, 슬픈 유한(遺恨)을 품은 채 죽거니와, 외로운 혼백(魂魄)이 바라는 바는 다른 뜻이 아니오라, 첩이 죽은 후는 반드시 다른 사람을 취할 것이되 취한 후에는 낭군의 마음이 변할 것임에 그를 두려워하나이다. 바라건대 낭군은 첩의 유언(遺言)을 저버리지 마시고 두 자매를 어여삐 여기시어 잘 길러 좋은 가문에 혼인하여 봉황(鳳凰)의 쌍이 놀게 하시면 첩이 저승에서라도 낭군의 은택을 감축(感祝)하여 결초보

은(結草報恩)하리이다."
하고 긴 한숨으로 한탄하고 인하여 숨을 거두니 장화와 홍련이 시체(屍體)를 붙들고 애총히 통곡하는 정경은 철석 같은 심장이라도 녹아 내릴 듯하더라. 이래저래 장삿날을 당하매, 예로써 선산(先山)에 안장(安葬)하고 두 여식(女息)은 조석제전(朝夕祭典)을 지성으로 받들며 주야로 과상하더니, 세월이 여류하여 어느덧 삼상(三喪)을 마치니 장화 자매의 망극지통이 더욱 새롭더라.

　이때에 좌수는 비록 망처(亡妻)의 유언을 생각하나 후사를 생각지 않을 수도 없는지라. 이에 두루 혼처를 구하되 원하는 여인이 없는지라 부득이 허씨를 얻으니 그 용모를 볼진대 양볼은 한 자가 넘고 눈은 퉁방울 같고 코는 질병 같고 입은 메기 아가리요 머리털은 돼지털 같고 키는 자가옷 난쟁이요 소리는 시랑의 소리요 허리는 두 아름이나 되는데 그중에 곰배팔이며 수중다리에 쌍언챙이를 겸하였고 그 주둥이는 썰면 열 사발은 되겠고 얼굴은 콩멍석같이 얽었으니 그 형용을 차마 곁에서 보기도 어려운데 그 욕심이 더욱 불량하여 남에게 못할 노릇을 즐겨 행하니 집에 두어 두기가 난감하더라. 그러나 그것도 계집이라고 그 달부터 태기가 있어 연이어 세 자식을 낳으니 좌수 그로 말미암아 지내고자 하나 항상 두 딸과 더불어 강부인을 생각하며 한때라도 딸을 못 보면 삼추(三秋)같이 여겨 나갔다가 들어오면 먼저 두 딸의 방에 들어가 손을 잡고 눈물을 흘리며 말하기를,

　"너희들이 깊은 방 안에 앉아서 어미를 그리워함을 늙은 아비도 매양 슬퍼한다."
하며 가련해 하는 마음이 자꾸 더해 가니 허씨가 시기하는 마음

이 대발하여 장화와 홍련을 모해할 꾀를 생각하는지라. 좌수가 허씨의 심술을 짐작하고 허씨를 불러 꾸짖어 말하기를,

"우리는 본래 가난하게 지내왔는데, 전처의 재물(財物)이 많아서 풍족하게 살고 있으며 그대가 먹는 것도 다 전처의 재물임에 그 은혜를 생각하여 저 어린 장화와 홍련을 심하게 굴지 마라."

하며 조용히 타이르나 시랑 같은 마음이 어찌 뉘우치리요? 이후로 더욱 불측하여 두 자매를 죽일 꾀를 밤낮으로 생각하더라.

하루는 좌수가 외당에서 들어와 딸들의 방에 앉으며 두 아이를 살펴본즉 두 여아가 괴롭게 앉아 서로 손을 잡고 슬픔을 머금은 채 눈물이 옷깃을 적시거늘 좌수 탄식하여 이르기를,

"이는 분명히 죽은 너희 어미를 생각하고 슬퍼하는구나."

하고 또한 눈물을 흘리며 이르되,

"너희가 이렇듯 장성하였으니 네 모친이 살았던들 오죽이나 기뻐하련만 팔자 기구하여 허씨 같은 계모를 만나 꾸지람과 박대(薄待)가 심하니 너희들이 슬퍼하는 줄 짐작하나 차후에도 이러하면 처치하여 너희 마음을 편케 하리라."

하고 나가더라.

이때 흉녀 허씨가 창틈으로 엿듣고 더욱 분노하여 흉계를 생각하다가 문득 좋은 꾀를 생각해 내고 제 자식 장쇠를 불러 큰 쥐를 잡아오게 하여 껍직을 벗기고 피를 발라 낙태(落胎)[1]한 형상을 만들어 장화 자는 방에 들어가 이불 밑에 넣고 나와 좌수 기다려 뵈오려 하더니 새벽에 좌수가 들어오는지라. 허씨 정색

---

1) 태아가 달이 차기 전에 죽어서 나옴.

(正色)하고 혀를 끌끌 차니, 좌수 괴히 여겨 그 연고를 물은즉 허씨 가로되,

"불측한 일이 있으나 낭군이 반드시 첩의 모해(謀害)라 하실 듯하기로 처음에는 말씀드리지 못하였사오나 낭군은 친어버이라 나가면 생각하고 들어오면 반기는 정을 자식들을 모르고 부정한 일이 많이 생기니 또한 친어머니 아닌고로 차마 종종 이르지 못하였더니 오늘은 늦도록 거동하지 않아 어디가 불편한가 하고 들어가 보았더니 과연 낙태하고 누웠다가 첩(妾)을 보고 미처 치우지 못하여 쩔쩔매기로 첩이 마음에 놀래오나 친딸이 아닌고로 저와 나만 알고 있거니와 우리 집안에 대대 양반으로 만일 누설되면 무슨 면목으로 살아가리요?"

하고 좌수의 손을 이끌고 들어가 이불을 들치고 뵈니 장화 자매가 잠이 깊이 들었는지라. 허씨 그것을 가지고 온갖 흉담을 늘어놓으니 용렬(庸劣)한 좌수는 흉계(凶計)를 모르고 놀래며 이르되,

"이 일을 장차 어찌하리요?"

흉녀 가로되,

"저 애를 죽여 흔적을 없애면 다른 사람들은 이런 줄은 모르고 첩이 불측하여 애매한 전처 자식을 모해하였다 할 것이니, 첩이 먼저 죽어 모르느니만 같지 못할 것이로다."

하며 거짓 자결하는 체하거늘 미련한 좌수는 그 말을 곧이듣고 급히 붙들어 말하기를,

"그대의 진정한 덕을 내 이미 아나니 빨리 계책을 가르쳐 주면 저를 지금 처치하리라."

하며 울거늘 흉녀 이 말을 듣고 제 소원을 이룬지라, 기뻐하며

겉으로 탄식하며 말하기를,
"내 죽어 모르고자 하였더니 낭군이 이다지 과념(過念)하시니 부득이 참거니와 저를 죽이지 아니하면 문호(門戶)의 화를 면치 못하리니 기세양난(其勢兩難)¹⁾이니라."
좌수 지난날 죽은 아내의 유언(遺言)을 생각하여 슬픈 일이나, 한편 분노하여 처치할 묘책(妙策)을 의논하니 흉녀 가로되,
"장화를 불러 거짓말로 저의 외삼촌집에 다녀오라 하고 장쇠를 시켜 같이 가라 하여 뒷못에 빠쳐 죽이라 하면 상책일까 하나이다."
좌수 옳게 여겨 장쇠를 불러 계교(計巧)를 일러 주고 장화를 부르니, 그때 두 소녀 밤 늦도록 죽은 어미를 생각하고 슬픈 마음을 금치 못하다가 잠이 깊이 들었으매 어찌 흉녀의 불측한 행동을 알 수 있으리요? 장화 자연 잠이 깨어 심신(心身)이 울적함을 괴히 여겨 잠을 다시 이루지 못하고 눈물을 흘리며 누웠더니 홀연 아버지의 부름을 받고 나아가니 좌수 이르기를,
"너는 네 외삼촌집에 다녀오너라."
하시거늘 장화 말씀드리되,
"소녀 모친을 여읜 후로 문밖 출입을 아니하였삽거늘 어찌 깊은 밤중에 길을 나서라 하나이까?"
좌수 화를 내며 크게 꾸짖기를,
"네 오라비 장쇠를 데리고 가라 하였거늘 무슨 잔말을 하느냐?"
장화 엎드려 여쭙기를,

---

1) 이리할 수도 저리할 수도 없음.

"부친께서 죽어라 한들 어찌 거역하오리까마는 야심(夜深)하기로 어려운 사정을 아뢸 따름이옵고 분부가 그러하오시니 다만 바라옵건대 밤이 새거든 가게 하여 주소서."
하며 눈물을 흘려 애원하는지라. 좌수 부녀의 정에 끌려 함께 슬퍼하는 듯하더라. 흉녀 이렇듯 수작(酬酌)을 듣고 문득 두 발길로 박차며 가로되,
 "너는 어버이의 명을 따를 것이어늘 무슨 여러 말을 하느냐?"
하고 떠밀쳐 내거늘 장화 하릴없이 울며 말하기를,
 "다시 드릴 말씀이 없사오니 명대로 하리이다."
하고 침방(寢房)으로 돌아와 자는 홍련을 깨워 손을 잡고 체읍(涕泣)하며 가로되,
 "부친의 뜻을 모르거니와 무슨 일이 있는지 불시에 외가로 가라 하시니 마지못하여 가거니와 시급하여 사정을 다 못 하고 떠나니 참으로 망극하구나. 다만 슬픈 것은 우리 자매 서로 의지하여 세월을 보내매 일시도 떨어지는 일이 없더니 천만뜻밖의 일을 당하여 너를 답답한 빈방에 혼자 두고 가는 일을 생각하니 가슴이 터지고 간장이 타는 내 심사를 청천일장지(靑天一場地)로도 다 기록치 못할지라. 아무래도 내 가는 길이 좋지 못한 듯하니 만일 순하면 쉬 돌아오리니 그 사이 그리운 생각이 있거든 서로 생각하게 옷이나 바꾸어 입자."
하고 서로 바꾸어 입은 후에 자매가 손을 잡고 울며 걱정하여 말하기를,
 "너는 부친과 계모를 극진히 섬겨 득죄(得罪)함이 없게 하고 내 돌아오기를 기다리면 내 가서 오래지 않아 불과 수삼 일에

다녀오려니와 그 동안 그리워 어이하리요? 너를 두고 가는 형의 심회(心懷) 측량할 수 없나니 너는 슬퍼 말고 부디 잘 있거라."
하고 말을 마치며 대성통곡(大聲痛哭)하여 차마 서로 손을 놓지 못하니, '슬프다 생시에 그토록 사랑하던 그 모친은 어찌 이런 때를 당하여 저 자매(姉妹)의 정상을 굽어 살피지 못하는고?'
 이때 흉녀 이렇듯 애틋함을 듣고 시랑 같은 소리를 질러 꾸짖기를,
 "어찌 이렇듯 요란하게 구느냐?"
하고 장쇠를 불러 재촉하기를,
 "네 누이를 데리고 빨리 가라 하였거늘 그저 있으니 어쩐 일이냐? 바삐 가고 더디지 말라."
하거늘 돼지 같은 장쇠놈은 염라대왕(閻羅大王)의 분부나 받는 듯 어깨춤을 추며 3간 마루를 떼구르며 소리 지르기를,
 "누나는 바삐 나오소서 부명(父命)을 거역하여 공연히 나만 꾸짖으시니, 아니 원통하오."
하며 재촉이 심한지라. 장화 어쩔 수 없어 홍련의 손을 떨치고 나오려 한즉 홍련이 형의 치마를 잡고 울며,
 "우리 자매 일시도 서로 떠날 적이 없더니 오늘은 나를 버리고 가려 하시는고?"
하며 쫓아 나오니, 장화는 홍련의 자진(自盡)하는 형상을 보매 간장이 갈갈이 찢겨지는지라. 하릴없이 달래기를,
 "내 잠깐 다녀오리니 울지 말고 잘 있어라."
하며 말을 잇지 못하니 노복(奴僕)들이 그 정상을 보고, 눈물을 안 흘리는 자 없더라. 홍련이 형의 치마를 잡고 놓지 아니하거

늘 흉녀가 달려들어 홍련의 손을 뿌리치며,

"네 언니가 외가에 가거늘 어데로 죽으러 가는 줄 알고 이다지 요란스럽게 구느냐?"

하며 꾸짖고 장쇠놈에게 눈짓하니 장쇠 알아차리고 재촉이 성화 같은지라. 장화 마지못해 말에 놀라 통곡하며 가니, '가련하다, 말을 몰아 산중으로 들어가 한 곳에 다다르니 산은 첩첩천봉(疊疊千峯)이요, 물은 잔잔 만곡(萬曲)이라. 초목이 무성하고 송백(松柏)이 자욱하며 인적이 적막한데 창망야심(蒼茫夜深)에 두견 소리 일촌간장(一寸肝腸)이 다 녹는다.' 아무런 줄을 몰라 정신이 아득한 가운데 물소리만 철렁이는지라. 장쇠가 말을 잡고 내리라 하거늘 장화 크게 놀라 묻되,

"이곳에서 내리라 함은 어쩐 말인고?"

장쇠 가로되,

"그대를 외가에 가라 함은 진정이 아니라 잘못 행동하여 낙태한 사실이 발견되었기 때문에 나로 하여금 그대를 이 못에 넣고 오라 하며 이곳에 왔으니, 빨리 물 속으로 들어가라."

하며 잡아 내리는지라. 장화 이 말을 들으매 청천백일(靑天白日)에 벼락이 내리는 듯 넋을 잃고 소리질러 울부짖기를,

"유유창천(悠悠蒼天)[1]은 이 어쩐 일이니이꼬? 무슨 일로 장화를 내시고 천고에 없는 악명(惡名)을 지고 이 못에 빠져 죽어 속절없이 원혼(冤魂)이 되게 하시는고? 유유창천은 살피소서. 장화는 낙지(落地)[2] 이후로 문밖을 모르거늘 오늘날에 맺힌 누

---

1) 한없이 넓고 푸른 하늘.
2) 세상에 태어남.

명을 얻사오니 전생죄악(前生罪惡)이 이같이 중하던지 우리 모친은 어찌 세상을 버리시고 슬픈 인생을 기르다가 간악한 사람의 모해를 입어 단불〔火〕에 나비 죽듯 하니 죽기는 섧지 아니하거니와 불측한 악명을 어느 시절에 씻사오며 외로운 홍련을 어찌 하리요?"
하며 통곡 기절하니 그 정상은 목석(木石)이라도 슬퍼하련만은 무지(無知)한 장쇠는 다만 재촉하여 적막산중(寂寞山中)에 밤이 깊을 뿐 아니라 '이미 죽을 인생이 발악하여 무익(無益)하니 바삐 물에 들라' 하거늘, 장화 겨우 정신을 수습하여 울며 말하기를,

"나의 망극(罔極)한 경지를 들으라. 우리 비록 이복(異腹)이나 아비 골육(骨肉)은 한가지라. 전일 우애하던 일을 생각하여 영영 황천(黃泉)으로 돌아가나 인명을 가련히 여겨 잠시 말미를 주면 외삼촌 집에 가서 망모(亡母)의 가묘에 하직 인사하고, 외로운 홍련을 부탁하여 위로코자 하나니, 목숨을 보존하여 누명을 신원(身元)코자 함이 아니라 변명한즉 계모 밑에 있을 것이요 살고자 한즉 부명(父命)을 거역함이니 일정(一定) 명대로 하려니와 바라건대 나에게 잠깐 말미를 주면 다녀와 죽음을 청하겠노라."
하며 비는 소리 애원처절(哀願悽絶)하되 토목(土木) 장쇠놈을 조금도 동정하는 빛이 없어 마침내 듣지 아니하니, 장화 더욱 망극하여 하늘을 우러러 통곡하며 가로되,

"명천(明天)은 이 자의 원을 살피소서. 장화의 팔자 기박하여 6세에 모친을 여의옵고 자매 서로 의지하와 서산에 지는 해와 동녘에 돋는 달을 대하면 간장이 스러지고 후원에 피는 꽃과 옥

계(玉階)에 돋는 풀을 보면 하염없이 눈물이 비 오듯 하여 지내
옵더니 3년 후 계모를 얻으매 성품이 불측하여 박대(薄待) 심한
지라. 서러운 간장과 슬픈 마음을 이기지 못하오나 낮이면 부친
을 바라고 밤이면 망모를 생각하며 자매 서로 손을 잡아 장장하
일(長長夏日)과 긴긴 추야(秋夜)를 장우단탄(長吁短歎)[1]으로 지
내옵더니 궁흉극악(窮凶極惡)[2]한 계모의 독수(毒手)를 벗어나지
못하여 오늘날 이 못에 빠져 죽사오니 이 장화(薔化)의 천만 애
매함을 천지일월(天地日月)은 질정(質定)[3]하소서. 홍련의 잔인
한 인생을 어여삐 여기시어 나 같은 원귀(冤鬼)를 본받게 마옵
소서."
하고 장쇠를 돌아보며 이르기를,
"나는 이미 악명을 입어 죽거니와 저 외로운 홍련을 어여삐
여겨 잘 인도하여 부모에게 득죄(得罪)함이 없게 하라. 부모를
모셔 백세무양(百歲無樣)을 바라노라."
하며 왼손으로 홍상(紅裳)을 부여잡고 오른손으로 월귀탄을 벗
어들고 주리를 벗어 발을 동동 구르며 눈물을 비 오듯 흘리며
오던 길을 향하여 실성통곡(失性痛哭)하며 가로되,
"아뿔사! 홍련아. 빈방에 너 홀로 앉아 밤인들 누구를 의지하
여 살리요? 차마 너를 버리고 죽는 간장이 구비구비 다 썩구나."
말을 마치고 만경창파(萬頃蒼波)에 나는 듯이 뛰어드니 문득
물결이 하늘에 닿으며 찬바람이 일어나고 공중에서 큰 호랑이
가 내달아 꾸짖기를,

---

1) 긴 한숨과 짧은 탄식의 뜻.
2) 성정이 비길 바 없이 아주 음험하고 흉악함.
3) 묻거나 따지거나 하여 바로잡는 것.

"네 어미 무도(無道)하여 애매한 자식을 모해하여 죽이니 어찌 하늘이 무심하리요?"
하며 장쇠놈의 두 귀와 한 팔과 한 다리를 베어먹고 간 데 없거늘, 장쇠 기절하여 꺼꾸러지니 장화 탔던 말이 놀래 집으로 돌아가더라.

　이때 흉녀 장쇠를 보내고 밤이 깊도록 아니오매 괴히 여기더니, 문득 장화가 타고 간 말이 쇠를 지르고 달려들거늘 흉녀 반기며 내달아 보니 그 말이 온몸에 땀을 흘리고 들어오되 사람은 없는지라. 흉녀 크게 놀라서 노부를 불러 마중하여 말이 오던 길을 찾아 가보니 한 못가에 장쇠가 꺼꾸러졌거늘, 자세히 보니 한 팔, 한 다리, 두 귀가 없고 피를 흘리고 인사불성(人事不省)하여 모두 놀래더니 문득 향내 진동하며 찬바람이 소슬하매 모두 괴히 여겨 살펴본즉 못 가운데로 서가는지라. 노부 등이 장쇠를 구하여 돌아오니 그 어미 놀래어 곧 약을 먹여 다음날에야 비로소 정신을 차리더라. 흉녀 그 연고(緣故)를 물으니 장쇠가 전후 사연을 말하며 그 후는 아무것도 모르나이다 하거늘 흉녀 더욱 원망하여 홍련마저 죽이려고 주야로 갖은 계교를 생각하더라.

　이때 좌수 이로 인하여 장화의 애매하게 죽은 줄 깨닫고 한탄하여 서러워하매 측량할 길 없더라. 이때 홍련이 가중사(家中事)를 전연 알지 못하다가 집안이 요란함을 보고 이상히 여겨 계모한테 연유를 물어 본즉 흉녀 발끈 화를 내며 하는 말이,

"요괴(妖怪)로운 네 언니를 데리고 가다가 길에서 범을 만나 장쇠가 물려 병이 중하다."
하거늘 홍련이 다시 인사말로 묻는데 흉녀 눈을 흘리며 언성을

높여,

"무슨 요사스러운 말을 이리 하느냐?"

하고 떨치고 일어나거늘 홍련이 이렇듯 박대함을 보고 가슴이 터지는 듯하며 일신이 떨려 제 방으로 들어와 언니를 부르며 통곡하다가 홀연 잠이 들었는데 비몽사몽간(非夢似夢間)에 장화가 물 속에서 황룡(黃龍)을 타고 북해로 가거늘 홍련이 반가와서 다가가 물으니 장화가 본 체도 아니하는지라. 홍련이 울며 말하기를,

"애고, 우리 언니는 나를 본 체도 아니하시고 혼연히 어디로 가시나이까?"

장화 눈물을 뿌리며 대답하기를,

"내 몸이 길이 다른지라, 옥황상제(玉皇上帝)의 명을 받자와 삼신산[1]으로 약초를 캐러 가는 길이라, 바쁘기로 정회(情喜)를 베풀지 못하니 네 정을 잊었나? 여기지 마라. 내 장차 너를 데려가마."

하며 수작할 즈음에 장화가 탄 용이 소리를 지르거늘, 홍련이 늦게 깨달으니 침상일몽(寢牀一夢)이라. 기운이 서늘하고 일신에 땀이 흘러 놀라움을 이기지 못하여 그 부친께 이 사연을 고(告)하고 통곡하며 말하기를,

"금일을 당하오매 소녀의 마음에 무엇을 잃은 듯하와 자연 슬프오니 언니에게 무슨 변괴가 있는 듯하나이다."

하며 실성통곡하니 좌수 이 말을 들으매 숨통이 막혀 할말도 못하고 다만 눈물만 흘리거늘, 흉녀 곁에 있다가 발연변색(勃然變

---

1) 중국의 전설에 나오는 봉래산·방장산·영주산의 세 산.

色)[1]하여 가로되,
"어린아이가 무슨 말을 하여 어른의 마음을 슬프게 하여 상케 하느냐?"
하며 등을 밀어내거늘 홍련이 생각하되,
'꿈 이야기를 여쭈온즉 부친은 슬퍼만 하고 아무 말도 못 하시고 허씨는 변색하고 이렇듯 구박하니 이는 반드시 무슨 연괴 있는 바로다.'
하며 그 허실(虛實)을 몰라 혼자 생각하더니 하루는 흉녀가 나가고 없거늘 장쇠를 불러 달래며 장화의 거취(去就)를 탐문(探問)하니, 장쇠 감히 감추지 못하여 장화의 전후사(前後事)를 설파(說破)하는지라. 그제야 홍련이 제 언니가 애매하게 죽은 줄 알고 애오일성(哀呼一聲)에 기절하였다가 겨우 정신을 차려 가로되,
"어여쁠사! 언니여, 야속할사 흉녀로다. 잔인할사 우리 언니여, 불측할사 흉녀로다. 불쌍하다 우리 언니 나이 몇이라고 적막공방(寂寞工房)에 외로운 나를 버리고 한없는 물에 빠져 죽어 슬픈 혼백이 되었는고? 세상 사람이 제 명에 죽어도 오히려 부족히 여기거든 참혹하다 우리 언니여 28청춘에 불측한 악명을 씻지 못하고 천추원혼(千秋冤魂)이 되었으니 고왕금래(古往今來)에 이런 자원극통(自願極痛)한 일이 또 어데 있으리요? 명천(明天)은 아소서. 소녀 3세에 어미를 여의옵고 언니와 더불어 의지하여 세월을 보내옵더니, 외로이 몸이 전생에 죄가 많아 차생(此生)의 명도(命道) 기구하여 일신이 의지할 곳이 없사오니 모진 목숨이 외로이

---

1) 왈칵 성을 내어 얼굴빛을 변함.

남았다가 언니처럼 더러운 욕을 보지 말고 차라리 내 몸이 먼저 죽어 남을 원치 말지니, 이제 정희를 생각하오매 죽기만 원하옵나니 소원대로 죽여 주시면 외로운 혼백이라도 언니와 한가지로 다니고자 하나이다."

말을 마치며 옥루만면(玉淚萬面)하여 정신이 비원(悲願)한지라. 아무리 언니가 죽은 곳을 찾아가고자 하나 규중(閨中)의 여자 몸으로써 문밖길을 모르거늘 어찌 그곳을 능히 찾아가리요? 주야로 한탄할 뿐이러니, 하루는 청조(靑鳥) 날아와 백화만발(百花滿發)한 곳에서 오락가락하거늘 홍련이 생각하되, '언니 죽은 곳을 영영 모르겠더니 청조가 저러함은 필연 나를 데려가려 함인가' 하여 슬픈 정회를 진정치 못하더니 날이 밝으매 청조 오기를 기다릴새 해가 지기를 창가에 의지하여 헤아리되, '청조가 아니 와도 언니 죽은 곳을 찾아가려니와 이 일을 부친께 고하면 필연 못 가게 할 것이니 스스로 이 사연을 기록하여 두고 가리라' 하고 인하여 지필(紙筆)을 가져다 유서(遺書)를 쓰니 대충 쓰기를,

'슬프다, 모친을 일찍 이별하고 자매가 서로 의지하여 세월을 보내더니 언니가 죄 없이 악명을 입어 마침내 이 지경에 이르오니 어찌 슬프며 원통치 않으리요? 전일 한시도 슬하를 떠남이 없사와 장근(長近) 20년을 하루같이 지내옵다가 금일 이 지경에 이를 줄을 꿈에도 뜻한 바 아니라. 지금 이후로 다시는 부친의 용모(容貌)를 뵈옵지 못하오며 음성을 들을 길 없사오니 어찌 통한치 아니하리이까? 불초녀(不肖女) 홍련은 지원한 애사(哀詞)[2]를 아뢰오매 눈물이 앞을 가리어 흉격(胸膈)이 억색(臆塞)[3]하옵는지라.

---

2) 사람의 죽음을 애도하여 지은 글.
3) 원통하여 가슴이 막힐 지경임.

바라건대 부모는 불초녀를 생각지 마시고 만수무강(萬壽無疆)하소서.'
하였더라.
　이때 정(正)히 오경(五更)이라. 월색이 만정(滿庭)하고 청풍이 서래(西來)하더니 문득 청조 날아와 복숭아 나무에 앉으며 홍련을 보고 반기는 듯 지저귀거늘 홍련이 아르되,
　"네 비록 짐승이나 우리 언니 있는 곳을 가르치러 온 듯하구나."
하니 청조 응하는 듯하거늘 홍련 가로되,
　"나를 데리러 왔거든 길을 인도하면 내 너를 따라가리라."
하니 청조 고개를 조이며 응하는 듯하거늘 홍련이 다시 말하기를,
　"그러하면 네 잠깐 머물러 함께 가라."
하고 유서를 벽 위에 붙이고 방문을 나오며 일장통곡(一場痛哭)하며 말하기를,
　"가련하다, 나의 팔자여 이제 어데로 가서 다시 이 문전을 보리요."
하며 청조를 따라갈새 몇 리 안 가서 동방이 밝아오는데 점점 나아가니, 산은 첩첩(疊疊)하고 물은 중중한데 황금 같은 꾀꼬리는 구십춘광(九十春光)[1]을 희롱하여 슬픈 사람의 심회를 돕더라. 청조가 물가에 다다라 주저하거늘 홍련이 살펴본즉, 물 위에 오운(五雲)[2]이 자욱한 가운데에서 슬픈 울음소리 나며 홍련아 불러 말하기를,

---

1) 봄의 석달 90일 동안.
2) 오색구름.

"너는 무슨 죄로 천금 같은 목숨을 속절없이 함부로 버리고자 하는고? 사람이 한번 죽으면 다시 살지 못하나니 가련하다 홍련아, 이런 일 생각 말고 속히 돌아가라."
하거늘, 홍련이 언니의 소리인 줄 알고 급히 소리질러 부르며 말하기를,
"언니는 무슨 일로 나를 두고 이곳에 와서 있나이까. 내 언니의 곁을 떠나 홀로 살길 없으니 언니를 좇아 한가지로 다니고자 하나이다."
하니 구름 속에서 울음소리 끊이지 아니하여 매우 슬퍼하는데, 홍련이 더욱 정신을 차리지 못하다가 하늘을 보며 이르기를,
"우리 언니의 악명을 씻어 주시옵기를 바라옵나니 황천은 밝혀 주소서."
울며 누누이 통곡하니 그 애절함을 일로 기록하지 못할러라.
이때는 추구월(秋九月) 망간(望間)이라. 풍청월백(風淸月白)하여 슬픈 사람의 심사를 비창(悲愴)케 하는 중, 홍련을 부르는 소리에 더욱 정신이 혼란하여 우수(右手)로 나삼(羅衫)을 부여잡고 나는 듯이 물에 뛰어드니, 그 후로도 물에 안개 자욱한 가운데서 슬피 우는 소리가 주야로 연속하여 계모한테 억울하게 죽음을 사설하니 이는 원근이 다 알게 함이리라.
차설(此說). 장화 자매 원혼이 구천(九泉)[3]에 사무쳐 매양 신원(身願)코자 하여 본읍(本邑) 원에게 들어가니 원이 기절하여 죽으니, 이렇듯 여러 해가 지나매 철산읍이 자연 폐읍(廢邑)되어 인민이 분산하는지라. 조정에서 근심하더니 하루는 전동호

---

3) '구중(九重)의 땅 밑'이라는 뜻으로, 죽은 뒤에 넋이 돌아간다는 곳.

(田東虎)라 하는 사람이 지원하니, 이는 성품이 강직하고 체모 웅위(體貌雄偉)한지라. 상(上)이 인견(引見)하셔 가라사대,

"철산이 여차여차하여 폐읍이 되었다 하매 가장 염려되더니 네 이제 자원하니 심히 다행하나 또한 근심이 되매 부디 조심하여 인민을 보호하라."

하시고 철산 부사를 제수(除授)하시더라.

이때 부사 하직숙배(下直肅拜)하고 즉시 도임하여 이방(吏房)[1]을 불러 묻기를,

"내 들으니 네 고을에 읍장(邑長)이 도임하면 즉시 죽는다 하니 그 말이 옳으냐?"

이방이 대답하기를,

"과연 5, 6년 전부터 등래(等來)마다 밤이면 비몽간에 꿈을 깨어나지 못하고 죽사오니 그 연고를 알지 못하나이다."

하거늘 부사 관속(官屬)들에게 분부하기를,

"너희들은 불을 끄고 잠은 자지 말고 조용히 앉아 동정을 살피라."

하고 직사(直舍)에 가서 등촉(燈燭)을 밝히고 주역(周易)을 열람(閱覽)하더니 밤이 깊은 후 홀연 찬바람이 일어나며 정신이 아득하여 어떻게 한 줄 모르고 있을 즈음에 한 미인이 녹의홍상(綠衣紅裳)으로 문을 열고 완연(完然)히 들어와 절하거늘, 부사 정신을 가다듬으며 묻기를,

"너는 어떤 여자이기에 깊은 밤에 와 뵈느냐?"

그 여자 고개를 숙이고 다시 일어나 절하고 대합하기를,

---

1) 승지 아래 딸려 인사·비서 기타의 사무를 맡아봄.

"소녀는 이 고을에 사는 여자이온대 이름은 홍련(紅蓮)이옵고 배좌수(裵座首)의 딸이오니 장화(薔花)는 소녀의 언니라, 언니의 나이 6세, 소녀의 나이 3세 때 어미를 여의옵고, 아비를 의지하여 살아옵더니 아비 후처를 얻사오매 용모와 행실을 무일가취(無一可取)²⁾이온대, 공교로이 삼자(三子)를 낳사온즉 자연 정숙하매, 계모의 부언유설(浮言流說)³⁾하여 소녀 자매를 학대(虐待) 자심(慈甚)하오되, 계모도 어미라 섬기기를 극진히 하였사온데 소녀 자매 장성하여 얼굴과 재질이 하등이 아니온지라, 아비 소녀 자매를 애지중지하오며 남이 없는 바로 아옵고 어진 배필(配匹)을 구하되, 계모 시기하므로 나이 20이 되도록 정혼(定婚)치 못하였삽더니 소녀의 몸이 원혼(冤魂)이 되어 이렇듯 함은 다른 연고 아니오라, 아비 본래 조업(祖業)이 없삽고 어미 재물이 많아 노비 천 여 자요 전답(田畓)이 천 여 석 작이요 금은보화는 거재두량(車載斗量)⁴⁾이라, 소녀 자매 출가하오면 재물을 다 가져갈까 하여 자매를 죽이고 재물을 탈취(奪取)하여 제 자식을 주고자 하여 주사야탁(晝思夜度)⁵⁾하여 해할 뜻을 두었는지라. 제 스스로 흉계를 꾸며 큰 쥐를 튀겨 피를 많이 바르고 낙태한 형상을 만들어 가만히 언니가 자는 이불 밑에 넣고 아비를 속여 죄를 이른 후에 거짓으로 외삼촌집에 보내는 체하고 일시에 말[馬]을 내와 그 자식 장쇠로 하여금 데려다가 못에 빠져 죽였사오니, 소녀 이 일을 아옵고 지원극통하와 스스로 생각하

---

2) 가히 취할 만한 것이 하나도 없음.
3) 유언비어. 도무지 근거 없이 널리 퍼진 소문.
4) 물건을 수레에 싣고 말로 된다는 뜻으로, 아주 흔함을 일컫는 말.
5) 밤낮으로 생각함.

온즉 소녀 구차히 살았다가 또한 그 흉계에 빠질까 두려워 마침내 언니가 죽은 곳에 빠져 죽었사오니, 죽기는 섧지 아니하오나 언니의 불측한 악명을 씻을 길 없음으로 더욱 원혼이 되온지라. 등래마다 원통한 사정을 아뢰온즉 다 놀라 죽사오매 원을 이루지 못하옵더니, 금일 천행으로 명관을 만나와 당돌하게 원통한 정원을 아뢰오니, 명관은 소녀의 애원한 혼백을 어여삐 여기시와 죄지유무(罪之有無)를 가리어 원수를 갚아 주시고 언니의 누명을 벗겨 주시면 명관께서 이 고을에 태평히 지내시고 아무 폐단(弊端)이 없으리이다."
하고 곧 하직하고 나가거늘 부사 고히 여겨 생각하되,
   '자초로 이런 일이 있어 폐읍이 되었다.'
하고 다음날 밝은 낮에 동헌(東軒)에게 이르고 이방을 불러 묻되,
   "이 고을에 배좌수란 하는 사람이 있느냐?"
이방이 대답하여,
   "과연 있나이다."
부사 다시 묻기를,
   "전후처(前後妻)의 자식이 몇이나 되느냐?"
이방이 대답하되,
   "전처에 두 딸이 있삽고 후처의 세 아들이 있다 하더이다."
부사 다시 물어,
   "오남매 다 살았느냐?"
이방 대답하여,
   "양녀는 죽었삽고 삼자는 살았다 하더이다."
   부사 다시,

"두 딸은 어이 죽었다 하더뇨?"

이방 아뢰기를,

"남의 일이오라 자세히는 모르오나 대강 듣사온즉, 그 큰딸이 무슨 죄가 있삽던지 못에 빠져 죽은 후 그 동생이 있어 자매의 우애가 중하므로 밤낮으로 통곡하다가 필경 제 언니의 죽은 못에 빠져 죽어 한가지로 원귀되어 날마다 못가에 나와 앉아 울며 이르되, '계모의 모해를 당하여 악명을 쓰고 죽었노라' 하며 허다한 사설을 하매 행인들이 듣고 눈물 아니 흘리는 사람 없더이다."

하거늘 부사 즉시 청과에 영을 내려,

"배좌수 후처를 빨리 잡아오라."

하니 관차(官差) 청영하고 가니라. 이때 좌수 애지중지하던 딸을 죽이고 주야로 슬퍼하는 중 홍련이 또한 집에 없고 벽 위에 유서가 있거늘 펼쳐 보고 가슴이 터지는 듯하나 지이부지(知而不知)[1]하고 주야로 근심하더니, 하루는 관차 왔거늘 잡혀 오니 부사 호령하기를,

"전처의 두 딸과 후처의 세 아들 둠이 분명하냐."

좌수 대답하기를,

"과연 그러하오이다."

부사 다시 묻되,

"살았느냐?"

좌수 아뢰기를,

"두 딸은 병들어 죽삽고 다만 삼자만 살았나이다."

---

1) 알고도 모르는 체함.

부사 다시 묻기를,

"두 딸이 무슨 연고로 죽었는지 바른 대로 아뢰면 죽기를 가히 면하려니와 그렇지 아니하면 장하(杖下)에 죽으리라."
한대 흉녀 이 말을 듣고 크게 놀라 아뢰오되,

"안전에서 아시고 묻사온대 어찌 기만하리이까. 전실의 두 딸을 길러 장성하였삽더니 장녀 행실이 바르지 못하여 잉태하였기로 장차 누설케 되었기로 노복들도 모르게 약을 먹여 낙태하였사오니 타인들은 사실이 그런 줄 모르고 계모의 모해인 줄로 아올 듯하옵기로 저를 불러 경계하여 이르되, '네 죄는 죽어도 아깝지 않으나 너를 죽이면 타인이 나의 모해로 알겠기에 짐작하여 죄를 사하나니 차후는 다시 이런 행실을 하지 말고 마음을 닦으라. 만일 남이 알면 우리 집을 경멸히 여길 것이니 무슨 면목으로 사람을 대할 것이냐?' 하고 꾸짖었더니 제 죄를 알고 부모 보기가 부끄러워 스스로 밤에 나가 못에 빠져 죽었삽고 그 아우 홍련이 또한 제 언니의 행실을 조히 여겨 심야도주(深夜逃走)하였사오니, 그 종적을 모를 뿐 아니라 양반의 자식이 실행하여 나갔다 하고 어찌 찾을 의사를 두리이까? 이러하므로 허물을 나타내지 못하였나이다."

부사 들은 후 다시 묻기를,

"네 말이 그러할진대 낙태한 것을 가져와 뵈면 가히 알리라."
흉녀 대답하기를,

"소녀의 친자식이 아닌고로 이런 화를 당할 줄 예축하옵고, 그것을 심심장지(深深藏之)[1]하였더이다."

---

1) 물건을 깊이 감추어 둠.

하고 즉시 품속에서 내어드리거늘, 부사 본즉 낙태한 것이 분명한지라. 이에 분부하기를,
 "말과 일이 방불(彷佛)하나 죽은 지 오래여서 분명한 증거가 없으며 내 생각하여 처치할 것이니 아직 물러서라."
하고 방송(放送)하였더니, 이날 밤에 홍련 자매 부사 앞에 나타나 재배하고 여쭈오되,
 "천만의외에 명관을 만나오매 우리 자매 누명을 신원(伸冤)할까 바랐더니 명관도 흉녀의 가특한 꾀에 빠질 줄 어찌 생각하였으리이꼬?"
하고 슬피 울다가 다시 여쭈오되,
 "명관은 깊이 생각하여 보옵소서, 석자(昔者)의 대순(大舜)도 계모의 환을 입나니 소녀의 각골(刻骨)한 원한은 삼척동자도 다 아옵나니, 이제 명관이 간악한 계집의 말을 곧이들어 궁흉극악(窮凶極惡)을 깨닫지 못하시니 어찌 애달프다 하지 않으리이까? 소녀의 일은 일월성신(日月星辰)의 앎이 있사오니 말씀드리기 여반장(如反掌)2)이라. 소녀의 어린 소견으로는 흉녀를 다시 잡아들여 낙태한 것을 올리라 하여 배를 가르고 보시면 반드시 진가(眞假)를 판단하실 것이니 아신 후는 소녀의 자매를 천만긍측히 여기시와 법대로 처치하여 주시고 소녀의 아비는 천황시절 사람이라도 흉녀의 간특한 묘계에 빠져 흑백을 분별치 못하오니 특별히 사하여 주심을 천만 바라나이다."
하고 말을 그치며 홍련 자매 일어나 절하고 청학을 타고 반공에 솟아 가거늘, 부사 그 말을 들으매 세세히 분명하니 자기가 흉

---

2) 손바닥을 뒤집는 것 같다는 뜻으로, 어떤 일이 매우 쉬움을 이르는 말.

녀에게 속은 것이 분노하여, 날이 새기를 기다려 평명(平明)[1]에 좌기(坐起)[2]를 베풀고 좌수 부처를 바삐 잡아들여 다시 각별 다른 말은 묻지 아니하고 그 낙태한 것을 급히 들이라 하여 살펴본즉, 낙태한 것이 아닌 쥐가 분명하매, 좌우를 명하여 그 낙태한 것을 배를 가르라 하니 관차가 청령하고 칼을 들어 배를 가르니 그 속에 쥐똥이 가득 찼거늘 허다한 관속이 이 일을 보고, 다 흉녀의 흉계인 줄 알아 저마다 꾸짖으며 홍련 자매의 애매히 참사(慘死)함을 모두 불쌍히 여기더라. 부사 이에 크게 노하여 흉녀를 큰칼 씌우고 높은 소리로 크게 가로되,

 "이 간특하고 흉악한 년아, 네 천고에 불측한 죄를 짓고도 방자하게 관장을 속였더냐? 그때는 내 잠깐 생각하는 바 있어 방송하였거니와 아제도 무슨 말을 꾸며 변명코자 하느냐? 네 국법을 업신여겨 몹쓸 일을 행하여 무죄한 전실자식을 죽인 연고를 자세히 아뢰어라."

하니 좌수 거동을 보매 제 몸에 돌아가는 죄는 생각지 아니하고, 애매한 자식을 죽였음을 뉘우치고 다만 눈물을 흘리며 아뢰기를,

 "소인의 무지무식한 죄는 성주의 처분이오나 비록 하방의 용렬한 우매이온들 어찌 죄를 면하리이까? 전실 강씨 불쌍히 죽고 두 딸이 있사오매 부녀 서로 위로하여 세월을 보내옵더니 후사를 아니 돌아보지 못하여 후처를 얻사온즉, 비록 어질지 못하오나 연하여 삼자를 낳사오매 마음이 매우 기쁘옵더니, 하루는 소인이 나갔다 돌아오니 흉녀 문득 발연변색하고 말하기를, '장화의 행실이 불측하여 낙태하였으니 들어가 보라' 하고 이

---

1) 아침 해가 뜨는 시각.
2) 관청의 우두머리가 규정된 시각에 출근해서 일을 봄.

불을 들치는데, 소인이 놀라 어두운 눈으로 본즉 과연 낙태한 것이 적실(的實)하오매 미련한 소견으로 엄연히 깨닫지 못하는 중 전처의 유언을 아득히 잊고 흉계에 빠져 죽인 것이 분명하니 그 죄 만번 죽어도 아깝지 아니하나이다."
하고 흉녀 또한 땅에 엎드려 아뢰되,
"소첩의 몸이 대대거족으로 문중이 쇠잔(衰殘)하고, 가세 황폐하던 차 좌수 간청함으로 그 후처 되오니 전실의 양녀 있사오되, 그 행동과 마음이 참으로 아름다웁기에 친자식같이 양육하여 20에 이르른 때에 행사 점점 불측하여 100마디에 한 마디도 듣지 아니하고 성실치 못한 일이 많사와 원망이 비경(非輕)하옵기로 때때로 적의를 경계하고 귀여워하여 아무쪼록 사람이 되고자 하옵더니 하루는 저희 자매의 비밀한 말을 우연히 엿듣사온즉 그 흉매하온 말이 측량치 못할지라. 마음에 가장 놀랍사와 다시금 생각하여 저를 먼저 죽여 내 마음을 펴고자 하여 가부를 속이고 죽였사오니, 치죄하오매 의법처치하시려니와 첩의 아들 장쇠는 이 일로 말미암아 천벌을 받아 병신이 되었으니 죄를 사하소서."
하고 장쇠 등 삼형제 일시에 여쭈오되,
"소인들은 달리 아뢸 말슴이 없사오니 다만 부모의 대신으로 죽삽고 늙은 부모를 사하심을 천만 비나이다."
하거늘 부사 좌수 부처와 장쇠 등의 주사를 듣고 한편 흉녀의 소위를 이해하나, 한편 홍련 자매의 원사(怨辭)함을 가련히 여겨 이에 가로되,
"이 죄인은 여타자별(與他自別)³⁾하니 내 임의로 처결치 못하

---

3) 남보다 사이가 유달리 가까운 일.

니라."

하고 즉시 이 사연을 감영에 보장(報狀)[1]하여 순찰사(巡察使) 듣고 크게 놀라 이르기를,

"이는 고금에 없는 일이다."

하고 이 뜻을 조정에 계달(啓達)[2]하니, 상이 장계를 보시고 홍련의 자매를 불쌍히 여기사 즉시 하교(下敎)하시기를,

"흉녀의 죄상이 만만불측하니 흉녀의 능지처참(陵遲處斬)해 후인을 각별 중계하고 그 아들 장쇠는 교하여 죽이고 장화 자매의 혼백을 신원하여 비를 세워 표하여 주고 제 아비는 제 원대로 방송하여 주라."

하시니 순찰사 하교를 받자와 이대로 철산부에 관자하니, 본관이란 자를 시켜 좌기를 배설하고 흉녀는 능지처참하여 회시(回屍)하고 그 아들 장쇠는 교하여 죽이고 좌수는 계하에 꿇리어 꾸짖어 이르기를,

"네 아무리 불명(不明)한들 어찌 그 흉녀의 간계를 깨닫지 못하고 애매한 자식을 죽였으며 마땅히 네 죄를 다스릴 것이로되, 홍련 자매의 소원이 있고 또 하교 여차하시기로 네 죄를 특별히 사하노라."

하고 방송하며 즉시 친히 관속을 거느리고 장화 자매 죽은 못에 나아가 물을 푸고 본즉, 양녀 옥평상에 자는 듯 누웠으매, 얼굴이 조금도 변치 아니하여 산 사람 같은지라. 부사 보고 괴이히 여겨 관곽의금(棺槨衣衾)[3]을 갖추어 명산을 택하여 안장(安葬)

---

1) 상관에게 보고하는 공문.
2) 임금에게 의견을 아뢰는 것.
3) 관과 곽, 옷과 이부자리.

하고 묘 앞에 삼척석비(三尺石碑)를 쓰기를, '해동유명 조선국 평안도 철산부 배무용(裵武用)의 자녀 장화(薔花)와 홍련(紅蓮)의 불망비'라 하였더라.

하루는 부사 피곤하여 침석(枕席)에 의지하였는데 문득 장화 · 홍련이 장소(葬所)를 깨끗이 하고 들어와 절하고 말하기를,

"명관의 은택으로 소녀 등의 원수를 갚고, 해골을 거두며 아비 죄를 분간하여 주시니 여러 가지 은혜를 의논할진대 태산이 낮고 하해가 얕은지라. 명귀지중(冥鬼之中)[4]이라도 결초보은(結草報恩)함을 잊지 아니하려니와 우선 미구(未久)에 관직이 높아지리니, 소녀의 도움인 줄 아소서."

하고 문득 간 데 없거늘, 부사 놀래 깨달아 몽사(夢事)를 기록하여 일후 증명하려 하더니 과연 그 달에 차차 승하여 통제사(統制使)에 이르니, 이로 보건대 장화 · 홍련의 음조(陰助)함을 가히 알러라.

대저 흉녀의 교안(交案)은 천지간에 용납(容納)치 못할 바인 고로 저의 모자 주륙(誅戮)을 면치 못하니 이후 여자 중에 후실되는 자는 부디 전실 자식을 기출(己出)에서 더욱 사랑하여 이같은 년의 소행을 추호도 두지 말지어다.

각설(却說)[5]. 배좌수 극가처분(極可處分)으로 흉녀를 능지하여 망녀의 원혼을 위로하나 오히려 즐거운 것이 없으며 오직 여아 애매히 죽음을 주야로 슬퍼하매 그 형용을 보는 듯 음성을 듣는 듯 거의 성광(成狂)하기에 이른 듯하여 다만 차세에 다시 부녀지의(父女之義)를 맺음을 십이시(十二時)로 축원하는 중 가

---

4) 사람이 죽은 후에 간다는 영혼의 세계에 있다는 귀신.
5) 화제를 돌려 다른 말을 꺼낼 때, 말머리에 쓰는 말. 고대 소설에서 흔히 쓰던 말임.

내(家內)에 주장(主掌)하는 이 없으매 그 지향(志向)할 곳이 더욱 없어 할 수 없이 후처를 구할새 향족(鄕族) 윤광호(尹光浩)의 딸을 취하니 나이 18세요 용모와 재질이 비상하고 성품이 또한 온순숙녀지풍(溫順淑女之風)이 있는지라. 부부정의(夫婦情義)가 진중(珍重)하며 금실지낙(琴瑟之樂)이 지극하더니, 하루는 좌수가 외당에서 여아의 생각이 용출(湧出)하여 능히 잠을 이루지 못하고 전전반측(輾轉反側)할 즈음에 홀연 양녀 곱게 단장하고 표연히 들어와 재배하고 아뢰기를,

"소녀 팔자 기구하여 모친을 일찍 여의고 전생업원(前生業冤)으로 계모를 만나 마침내 누명을 쓰고, 부친 슬하를 이별하오매 진원극통함을 이기지 못하와 이 정원을 상제(上帝)께 사뢰온즉 상제께서 통촉(洞燭)하시와 말씀하시기를, '너희 정사가 급하나 차역(此亦) 너의 팔자이니 누구를 한하리요? 그러나 너의 아비와 세간 인연이 미진하였음이니 다시 세상에 나가 부녀지의를 맺어 서로 원을 풀라' 하시고 '물러가라' 하시니 그 의향을 알지 못하나이다."

하며 눈물을 흘리거늘 좌수 달려들어 붙잡고 반길 즈음에 동리 계명성(洞里啓明星)에 문득 깨달으니 무엇을 잃은 듯 여취여광(如醉如狂)하여 심신을 진정치 못하더라.

차설. 윤씨(尹氏) 일몽을 얻으며 선녀가 구름을 타고 내려와 연화(蓮花) 두 송이를 주며 말하기를,

"이는 장화·홍련이니 그 애매하게 죽음 상제(上帝) 불쌍히 여기사 부인에게 점지하시나니 귀히 길러 영화를 보라."

하고 간 데 없거늘 윤씨 께어 본즉 꽃송이가 손에 쥐어 있고 향기가 방 안에 가득하거늘 괴이히 여겨 좌수를 청하여 몽사(夢

事)를 전하며 장화·홍련이란 말을 묻거늘 좌수 말을 들으며 꽃을 본즉 꽃이 넘놀아 반기는 듯한지라. 여아를 다시 만난 듯 눈물이 흘러내림을 깨닫지 못하여 윤씨더러 여아의 전후 사연을 이르며 말하기를,

"전일 몽사가 여차여차하더니, 양녀가 반드시 부인께 태어날 징조인가 싶다."

하며 서로 기뻐하매 꽃을 옥병에 꽂아 사장에 넣어 두고 때때로 상대하며 사랑하며 슬픈 마음이 자연 없어 지더니 과연 그 달부터 윤씨 잉태하여 6, 7삭이 되매 배부르기 유별하여 쌍둥이가 분명하더라. 연하여 10삭이 되매 윤씨 몸이 심히 곤핍하여 침상에 누웠더니, 이윽고 해산할새 연하여 쌍녀(雙女)를 낳으니 좌수 듣고 급히 들어와 부인을 위로하며 신생아(新生兒)를 보니, 용모와 기질이 옥으로 새긴 듯 선연작약(鮮姸芍藥)함이 그 연화와 같으며 꽃을 돌아보니 벌써 간 데 없는지라. 가장 괴이히 여겨 헤아리되, '꽃이 반드시 화(化)하여 여아로 되었도다' 하며 불승희열(佛乘喜悅)하여 가로되,

"저희 원한됨으로 말미암아 환생(還生)하여 부녀지의를 다시 맺음이라."

하여 이름을 장화(薔花)와 홍련(紅蓮)이라 하고 장중보옥(掌中寶玉)같이 애지중지하더니 점차로 15세가 되니 색덕(色德)[1]이 구비(具備)하고 재질이 또한 출중하매 좌수 부부 사랑함이 비할 바 없어 그와 같은 짝을 구하나 마침내 여의치 못하매 하루는 생각하되,

---

1) 여자의 고운 얼굴과 아름다운 덕행.

'평양은 번화한 곳이니 인재도 많으리라.'
하고 그곳으로 반이(搬移)¹⁾하더라.

이때 평양 향족에 이호연(李浩蓮)이란 사람이 있는데 재산이 누거만(累巨萬)이요 슬하에 쌍남(雙男)을 두었으니, 윤필(允必)과 윤석(允石)이라. 나이 16이요 용모가 화려하고 문필(文筆)이 유여(有餘)하여 도내(道內)의 흠앙(欽仰)하는 바이매 그 부모 애중하여 자부(子婦)를 구하나 심상치 아니하더니, 배좌수의 쌍녀가 비상하다는 소문을 듣고 통혼(通婚)하여 서로 의합하매, 즉시 택일하니 추구월(秋九月) 망간(望間)이더라.

나라가 태평하고 마침 경사가 있어 증광(增廣)²⁾을 뵐새 윤필 형제 참방(參榜)³⁾하여 진사연벽(進士連壁)한지라, 창방(唱榜)⁴⁾을 지낸 후 즉시 발행하여 내려올새 열로의 낭자 뉘 아니 칭찬하리요. 집에 이르러 도문(到門)⁵⁾하니 양가 대연을 베풀고 친척들을 청하여 즐길새, 영문과 본관이 각각 풍악과 포진기구를 보내고 감사와 서윤(徐尹)과 안읍 수령이 찾아와 신래(新來)⁶⁾를 진퇴(進退)하며 잔을 내와 치하하니 향곡의 영광과 빛남이 고금에 희한하더라.

혼일(婚日)을 당하매 신랑이 진사복색으로 은안백마를 타고 풍악을 세우며 혼가에 이르러 전안합근(奠雁合졸)⁷⁾한 후 신부를 맞아 돌아올새 도로변 낭자 근읍 노소 없이 일컫는 소리 산천이

---

1) 짐을 날라 이사함.
2) 나라의 큰 경사 때 기념으로 보이는 과거.
3) 과거의 방목에 자기 성명이 끼어 실림.
4) 과거에 급제한 사람에게 증서를 주던 일.
5) 과거에 급제하여 홍패를 받아 가지고 집으로 돌아옴.
6) 과거에 급제한 후 새로 임관되어 처음 관아에 종사하는 사람.

움직이는 듯하더라.

　신부 시가에 이르러 4인이 예를 행하니, 가위 한 쌍의 봉황이요 두 낱의 백옥이라. 시부모 황홀하여 정신을 측량치 못할지라.

　이후로 신부 시가에 머물러 효성으로 봉양하고 승순군자하며, 형제 교대로 매달 보름은 친가에서 부모를 공경하여 양가 각홈할새, 장화는 2남 1녀를 낳으니, 장자 홍석은 문과(文科)로 군수(郡守)에 이르고 차자 봉석은 진사(進士)하고 딸은 경성 재상의 후실이 되어 자녀 다 귀히 되고, 홍련은 2자를 두어 장자 용석은 무과(武科)로 정랑에 이르고 차자 인석은 학향이 있어 산림(山林)에 은거하여 풍월을 벗삼고 금세로 즐기더라.

　이러저러 배좌수 90이 되매 노작당상(勞作堂上)으로 오위장(五衛將)[8]한 후 별세하니, 장화 자매와 윤씨 망극지통(罔極之痛)으로 선산에 안장하고 윤씨 또한 천민으로 세상을 버리니 양녀 또한 슬퍼함을 이루 표현치 못할레라. 윤필 형제 부모 돌아간 후, 형제 우애 지극하여 한 집에 동거하며 자손을 거느려 희희낙락하더니, 장화 자매 73세에 한가지로 죽고 윤필 형제 75세에 죽으매, 그 자손 유자생녀(有子生女)하여 복록을 누리고 자손이 번성하리라.

---

7) 혼인 때에 신랑이 기러기를 가지고 신부 집에 가서 상 위에 놓고 절하는 예. 신랑 신부가 잔을 주고받는 일.
8) 조선 시대 때 오위의 군사를 거느리는 장수.

작품 해설

　조선 후기의 가정 소설로, 작자와 연대는 미상(未詳)이다. 효종 때에 철산 부사로 가 있던 김동흘이 겪은 실화를 후대 사람들이 소설화한 것이다. 이 작품은 뒤에 나온 계모형 가정 소설의 표본이 되었던만큼, 악독한 계모에게 온갖 학대를 받다가 끝내는 계모의 흉계에 죽어 가는 전처 소생에게 동정의 눈물을 자아내게 하고 악행에 대한 증오심을 환기시켜 조선 시대 소설의 공통적인 주제인 권선징악을 효과적으로 표현하고자 한 작품이다.
　선과 악이 대립되어 펼쳐지는 인간 생활 일면을, 실화를 소재로 해서 어느 정도의 현실성을 띠고 표현해 놓았다는 점에서 《장화홍련전》은 작품적 · 윤리적인 가치가 있는 작품이라고 평할 수 있다.

　세종대왕 때 평안도 철산군에 배무용이란 사람이 있었다. 그는 좌수를 지냈고 성품이 유순하고 가산이 풍족했으나 슬하에 자녀가 없었다. 늦게야 부인이 선녀의 태몽을 얻어 딸 형제를 낳았다. 큰딸을 장화라 하고 작은딸을 홍련이라 했다. 장화 자매가 점점 자랄수록 재모가 뛰어나고 효행이 특출했다. 그러나 불행하게도 좌수의 부인 장씨는 장화 자매의 출가를 시키지 못하고 병을 얻어 세상을 떠났다.

배좌수는 부득이 후사를 위해 허씨를 후실로 맞이했다. 허씨는 얼굴이 못생겼을 뿐만 아니라 마음마저 악독하기 그지없었다.

허씨는 시집 온 그 달부터 태기가 있어 장쇠라는 아들을 낳았다. 배좌수는 어머니 없는 장화 자매를 불쌍히 여겨 장쇠보다 더 사랑했다. 이에 허씨는 시기심이 생겨 장화 자매를 증오하는 나머지 모해하려고 했다. 허씨는 쥐를 잡아 가죽을 벗겨서 장화가 자는 이불 속에 넣어 놓고는, 장화가 낙태했다고 배좌수한테 고했다. 가죽 벗긴 쥐를 직접 보고 장화의 부정을 그대로 믿은 배좌수는 가문을 위해 장화를 비밀리에 죽여 없애기로 하고, 장남 장쇠를 시켜 장화를 데리고 외가집에 다녀오라 해서 깊은 산 속에 있는 못으로 데리고 가서 못에 밀어 넣어 죽이게 했다. 집에 있던 홍련은 이상한 꿈을 꾸고, 비로소 장화가 죽은 줄 짐작하고, 청조의 안내를 받아 장화가 빠져 죽은 못으로 가서 장화의 뒤를 따라 투신자살했다.

이러한 후 못에 빠져 죽은 장화 형제의 원혼이 공청(公廳)에 나타나서 자기들의 원한을 풀어 달라고 호소하자 두려움에 철산 부사로 가려고 하는 사람이 없어졌다. 이때 전동호라는 사람이 자원해서, 부임하는 첫날 밤에 촛불을 밝혀 놓고 공청에 앉아서 원귀가 나타나기를 기다렸다. 밤중이 되자 물에 흠뻑 젖은 두 원귀가 나타났다. 그는 조금도 두려워하지 않고, 원귀의 사연을 다 듣고 난 다음 소원을 들어주기로 한다. 전 부사는 날이 새자 배좌수 부처를 잡아들여 고문해서 죄상을 밝혀 허씨를 처형하고 장화 자매의 시체를 건져 치장(治葬)했고, 이후로는 철산 부사가 무사했다.
 그 후 배좌수는 근처에 사는 윤씨를 취했더니 장화 형제의 후신인 듯한 쌍녀를 낳았다. 좌수는 두 딸이 성장하자, 같은 시간에 태어난 평양 이호연의 쌍둥 아들과 결혼시켰다. 장화 형제의 남편인 한림 형제는 높이 출세했으며, 행복하게 부귀를 누리다 일생을 마쳤다.

 이 작품에 나오는 장화·홍련 자매는, 물론 실화에 나오는 주인공이며 배좌수나 계모 허씨 역시 실화에 나오는 인물이다. 이 소설의 플롯은 비교적 단순하게 구성되어 있다. 아마 소재인 실화가 단순하기 때문일 것이다. 그러나 플롯이 단순하다고 해서 단편 소설은 아니며, 장편 소설의 성격을 띤 작품이다.
 이 작품은 목판본으로, 경판본이 남아 있고 활자본으로도 서너 종류가 있으며 내용은 동일하다.

콩쥐팥쥐전

    이조(李朝) 중엽 시절에 전라도 전주(全州) 서문 밖 30리쯤 되는 곳에 한 퇴리(退吏)¹⁾가 있으니, 성명은 최만춘(崔萬春)이라 하였다. 아내 조씨와 더불어 20여 년을 같이 살아왔건만 슬하에는 일점 혈육(血肉)이 없더니, 최만춘 내외는 이로 말미암아 근심을 마지아니하여 명산대찰(名山大刹)에 기도와 불공도 하고, 곤궁한 사람을 도와 주는 적선(積善)도 하며, 한편으로는 의약(醫藥)을 써 몸을 보하기도 하여 그러구러 하는 사이에 신명(神明)이 감응(感應)하였든지 그러지 아니하면 정성이 지극하였든지, 부부가 한가지로 신기한 꿈을 얻더니 이내 부인에게 태기(胎氣)가 있더라.

    열 달이 차매 하루는 조씨부인이 신기(神氣)가 불편하여 자리에 누워 있었더니, 갑자기 그윽한 향내가 방 안에 감돌며 문득

---

1) 퇴직한 관리. 벼슬에서 물러난 사람.

한 옥녀(玉女)를 낳더라. 만춘의 기뻐 날뛰는 양은 이루 말할 수도 없겠거니와, 다못 딸아기를 낳게 됨을 섭섭히 생각하고 내외가 서로 위로하며 재미롭게 키워 내더라.

딸아이의 이름을 '콩쥐'라 지어 손바닥의 보옥(寶玉)같이 애지중지 사랑하여 남의 귀공자(貴公子)를 부러워하지 아니하며, 불면 날까 쥐면 꺼질까 하고 어서 바삐 자라나기를 주야로 바라더라. 그러나 어찌 알았으리요! 그 모친의 천명(天命)이 그만이든지 조물(造物)[1]이 시기함인지 콩쥐가 태어난 지 겨우 100일 만에 조씨부인이 세상을 영영 하직한 바 되니, 최만춘은 뜻하지 않게 중년에 홀아비 신세가 되어 버리더라.

만춘은 몸이 외롭고 쓸쓸할 적이면 죽은 아내를 생각하며 눈물을 흘리며 어린 콩쥐를 안고 다니면서 동리 아낙네들의 젖을 얻어먹이니, 이는 하루 이틀도 아니요, 1년, 2년을 그리 하였으니 그 고생이 어떠하였으리요. 철모르는 콩쥐가 젖 찾는 소리는 죽은 어미의 혼이 가령 있을진대 눈물이 변하여서 비라도 되었으리라.

하루는 콩쥐가 이슥한 깊은 밤에 빈 방에서 두 팔을 허우적거리며 어미를 찾으니, 최만춘의 마음이 설사 본 눈은 아니더라도 슬슬 녹아나는 형편이더라. 그러나 그러한 고생도 한 해가 가고 두 해를 넘기니, 쉬지 아니하고 흐르는 세월이라, 어언 콩쥐의 나이 10여 세에 이르게 되매, 오히려 이제는 고생이 호강으로 바뀌어 그 딸이 지은 더운 밥을 먹고 그 딸이 지은 옷을 입게 되니라.

---

1) 천지간의 만물.

본디 콩쥐의 성품이 부친을 극진히 공경하고, 또한 재질(才質)이 뛰어나서 비록 어려서부터 공들여 배운 바는 없을지라도 처신(處身)과 사리 판단에 어긋남이 없으며, 잠시를 놀지 아니하고 부친을 봉양하기에 힘을 다하므로 동리 사람들까지도 칭찬을 아니하는 이 없고, 그 부친도 매우 사랑하기를 마지아니하는 터이니, 차차 나이는 많아지고 시집갈 때는 멀지 아니하니 장래의 살림이 말 못 할 형편이라 은근히 근심으로 지내더라.
　콩쥐가 열네 살이 되던 해에 최만춘이 배씨라 하는 과부를 얻어 금실의 즐거움을 잇게 되니라. 배씨는 인물도 과히 추루(醜陋)[2]하지 아니하고 가사도 잘 거들만 하므로 속으로 은근히 기뻐하여, '저러한 사람이 들어옴은 우리 집안의 행운이요, 콩쥐도 이제부터는 어느 만큼은 의지가 되며 배우기도 하리라' 하여 매우 그 배씨를 사랑하며, 가간대소사(家間大小事)를 모두 맡기어 살림을 맡게 하고 집안일이 어찌 되어 감을 전혀 모르게 되더라. 이때부터 콩쥐의 신세는 은연중에 새로운 고생이 생기며, 설움이 아니면 날을 보내지 못하는 경지에 이르게 되니라.
　원래 배씨는 처녀로 시집을 갔다가 '팥쥐'라 하는 딸 하나를 낳은 후에 남편을 여의고 과부의 박명(薄命)이 참담하여 말이 아니더니, 좋은 중매로 인하여 최씨 가문에 들어온 터이나 천성이 요악간특(妖惡奸慝)[3]하고 그 데림딸 팥쥐 역시 마음이 곱지 못하며 얼굴조차 덕스럽지 못한 인물이 요사스럽고 간악하기는 짝이 없는 그 어미보다도 한풀 더하더라. 그러하므로 터무니없는 모함으로 고자질하기가 일쑤요, 콩쥐의 못 되는 것은 자기의

---

2) 지저분하고 더러움.
3) 요사하고 간악하며 사특함.

잘되는 것보다 상쾌하게 생각하여 그 모녀 사이에 소곤거림이 그치면 콩쥐의 신변에는 참혹한 일이 벌어지되, 그 부친은 한번 배씨가 눈에 든 다음으로는 말할 나위 없이 감겨 들어 배씨의 말이라면 '팥으로 메주를 쑨다' 하더라도 곧이듣게 되었는지라. 허물없는 콩쥐를 오히려 구박하여 마지아니하더라.

하루는 배씨가 두 딸을 불러 놓고 이르기를,

"시골 사는 계집아이가 농사일을 몰라서는 목구멍에 밥알이 들어가지 아니하나니, 콩쥐는 오늘부터 벌밭으로 김을 매러 다녀라. 팥쥐는 너보다 한 살이나 덜 먹었고 아직 어린것이라, 어찌 김을 맬 수 있겠느냐마는 어찌 그렇다고 집에 있으면 콩쥐부터라도 제 자식만 사랑한다 할 것이니, 팥쥐 너도 오늘부터 김을 매러 다니도록 하라."

하고, 팥쥐에게는 쇠 호미를 주어 집 근처 모래밭을 매게 하고, 콩쥐에게는 나무 호미를 주어 산비탈에 있는 돌사닥밭을 매게 하니라.

콩쥐는 점심도 얻어먹지 못하고, 호미도 나무로 만든 것이라 밭 한 도랑도 못 매어서 목이 부러져 버리니 마음씨 나쁜 계모로 말미암아 기를 펴지 못하는 콩쥐의 마음이야 어찌 다 말할 수 있으리오. 집에 돌아가면 호미를 부러뜨린 것도 죄목(罪目)이 될 것이요, 김을 얼마 매지 못한 것도 허물이 될 터인즉, 저녁은 별수가 없이 굶게 될 형편이매 어리고 약한 마음에, '이 일을 어찌하면 좋을까?' 하고, 천지가 아득하여지며 어찌할 줄을 모르고 울고만 있더라.

그럴 즈음 홀연히 하늘로부터 검은 소 한 마리가 내려오더니 콩쥐를 보고 하는 말이,

"너는 무슨 일이 있기에 그토록 우는지 모르겠다마는, 내게 자세한 이야기를 하면 어찌 변통할 도리가 없겠느냐? 그러하니 숨김없이 낱낱이 말하여라."

하니, 콩쥐는 심중에 놀랍고도 이상하여 머뭇거리다가 전후 일을 자상히 아뢰니라.

검은 소가 이야기를 듣고 나자 다시 말하기를,

"그러면 너는 곧장 가서 하탕(下湯)에 가서 발 씻고 중탕(中湯)에 가서 손 씻고 상탕(上湯)에 가서 낯 씻고 오너라."

하기에, 콩쥐는 소라 하여 업신여기지 아니하고 그 말대로 수족과 얼굴을 씻으러 가니라.

한동안이 지나서 콩쥐가 돌아와 보니 검은 소가 하는 말이,

"너의 행실을 하느님도 감응하시는 바이라."

하며, 좋은 호미와 온갖 과실을 치마 앞에 싸 주고는 홀연히 사라져 보이지 아니하더라.

콩쥐는 그것을 받아 가지고 마음에 흡족하여, 배가 고픔에도 참아 가며, 과실 한 개를 입에 넣지 아니하고서 분주히 김을 다 맨 다음 바삐 집에 돌아가서,

'아버님께도 보여 드리고 어머님께도 이야기하며 팥쥐와도 똑같이 나누어 먹겠다.'

고 마음먹고, 잠시 사이에 몇 두락(斗落)의 밭을 매어 놓고 집으로 돌아가니라. 그러나 집에 이르러 본즉 벌써 문은 굳게 닫혀 있어 들어갈 수가 없는데, 안에서는 저녁밥을 지어 놓고 팥쥐와 더불어 마주앉아 오목조목 재미나게들 먹는지라. 할 수 없이 콩쥐는 문 밖에서,

"팥쥐야, 문 좀 열어 다오. 과일 줄게 문 좀 열어 다오."

하고, 두 번 세 번 애걸한즉 팥쥐는 그제서야 콩쥐에게 말하기를,

"조것이 거짓말이지, 과일이 날 데가 어디 있을라고? 조것이 김도 다 매지 못하고 일찍 돌아오니 할말이 없으니까 저런 거짓말을 하는구나."

하고, 태연하게 여기면서 문을 열어 주지를 아니할 뿐더러 다시 하는 말이,

"그러면 과일부터 보여 주어야 문을 열어 주겠다."

하며 문틈으로 기웃거리더라.

마음이 곧고 착한 콩쥐는 그 말을 듣자 밤·대추·귤·은행·호도 용안(龍眼)[1]·여지(荔枝)[2] 등 여러 가지의 과실을 하나 둘씩 문틈으로 들이밀어 보이니, 팥쥐는 얼른 행주치마를 걷어들고 코웃음을 치면서 들이미는 대로 모조리 받고서야 대문을 열어 주니 콩쥐가 들어가기는 과일 덕으로 들어갔으나, 한 개도 먹어 보지를 못하고 소한테서 받은 대로 가져왔으매 그 좋은 과일 등을 어느새 팥쥐에게 송두리째 빼앗긴 셈이 되었더라. 그러나 그 과일은 온통으로 빼앗기고 먹어 보지만 못하였으면 오히려 무방하겠으되 통째 빼앗긴 그 과일로 말미암아 도리어 콩쥐의 신상에 큰 액운이 덮치게 되었으니 이 아니 원통하랴!

요사하고 간악한 팥쥐는 그 과일은 빼앗았으되 저는 한 개도 아니 먹고 먼저 저의 모친 앞에 풀어놓으면서 얼굴을 찡긋찡긋 찌긋찌긋하자, 배씨가 파랗다 못하여 노랗도록 낯빛을 흐리며 벼락 같은 소리로,

---

1) 날로 또는 말려서 먹는 과실로 완하제·자양제로도 쓰임.
2) 중국 남방 원산인 상록교목으로, 과일의 살이 희고 맛이 닮.

"콩쥐야, 이년! 이리 오너라. 네 이년, 어른이 시켜서 김인지 뭔지 매러 갔으니, 일찍 마치고 돌아와서 밥도 먹고 또 다른 일도 하는 게 아니라, 이때까지 한 것이 뭣이며, 그리고 과일은 어디서 났단 말이냐? 밭 한 마지기 매기에 종일 해를 보냈을 리도 없고, 이러한 과일이 이 촌구석에 있기가 만무하니 도시 어디서 났단 말이냐? 이것이 분명 불공에 쓰는 과일 같은데, 저년이 정녕 흥성(興盛)하여 가는 아무 절 중놈에게 얻은 것이지, 네 그렇지 않고서야 이것이 어디서 났단 말이냐? 계집애년이 생긴 대로도 아니 있고, 나이 열댓살 가까워 오니까 벌써부터 김 매러 다닙네 하곤 지나가는 행인을 홀려먹는단 말이냐? 나만 아는 것이야 상관없다마는 이런 일을 만일 너의 아버지께서 아셔 봐라, 큰일이 나지 않겠느냐? 이애, 팥쥐야! 이걸 빨리 먹어 버리고 아버지 눈에 띄지 말게 해라. 눈에만 띄는 날이면 언니년은 죽는 날이다. 언니는 실컷 먹었을 것이니 그만두고 너나 얼른 먹어 치워라."

하며, 모녀가 마주앉아 과일이란 과일은 저희끼리만 먹어 버리고 콩쥐한테는 밥도 주지 아니하더라.

콩쥐는 일이 이렇게 되고 보니 다시 무엇이라 말할 수도 없고 애매한 소리를 듣는 것만이 억울하여 고픈 배를 졸라 가며 아무 소리도 못 하고 그 밤을 눈물로 새우더라.

그로부터 콩쥐는 나날이 닥치느니 뜻밖의 일뿐이며, 겪느니 새록새록 새 고생이더라. 하루는 계모인 배씨가 콩쥐에게 새로운 영을 내리되,

"오늘은 부엌에 있는 빈 독에 물을 길어다 채워 놓아라."

하기에, 콩쥐는 즉시로 그 말을 따라 방구리로 물을 길어 대며

독을 채우려 하나, 진종일 길어다 부어도 어찌된 셈인지 독이 차지 아니하더라. 아침부터 종일토록 물을 길어 나르다 보니, 이제는 기운이 쪽 빠져서 진땀이 이맛전에 흐르고 고개도 부러지는 것만 같아서 다시는 단 한 방구리도 길을 수가 없더라. 그렇다고 독을 채우지 못한다면 호도천불 같은 고역이 닥쳐 올 것이매, 생각이 이에 미치니 겁이 덜컥 나고 고생될 걱정이 앞서는지라. 콩쥐는 아픔을 견뎌 가며, 물독을 채우고자 다시 방구리를 머리에 얹고 우물로 가려 할 때 마당 한녘으로부터 멧방석만한 두꺼비 한 마리가 엉큼엉큼 기어 들어오더니, 길길이 뛰면서 입을 열어 헐떡거리며, 두 눈을 꿈쩍거리다가 버럭 소리를 질러 말하기를,

"콩쥐야, 콩쥐야. 네가 암만 물을 길어 부어도 그 독은 밑 빠진 독이라 결코 차지 아니할 터인즉, 그렇게 혼자 애쓰지 말고 내가 이르는 대로 하도록 하라. 소양배양[1]한 소년과는 달라서, 무엇이든지 되도록 가르쳐 주리라. 그 독은 깨져서 새는 것이 아니라, 트집의 크기가 손가락 하나 들락거릴 만하기로, 그 구멍만 내 등으로 받치고 있으면, 조금도 샐 염려가 없을 것이니, 네가 그 독을 조금 기울여 주면, 내 비록 늙은 몸으로 고생은 될지언정 그 속에 들어가 한동안 수단을 부려 보리라."

콩쥐는 매우 놀라운지라 낯빛을 잃으며, 어찌 할 바를 모르는 듯하더니, 백번 사양하며 하는 말이,

"내가 타고난 고생을 어찌 남에게 미룰 수 있겠는고?"

하고 따르지 아니하니, 두꺼비가 성을 버럭 내며 말하기를,

---

1) 아직 어려서 날뛰기만 하고 철이 없음.

"나도 그런 생각이 없는 바는 아니나, 너같이 마음씨 고운 아이를 너의 계모가 일부러 시키려 하는 것인즉, 나로 말하면 인간과 인연이 깊어 몇백년의 나이를 누리고 살아오는 터이다. 나같은 늙은 것이 그와 같은 일을 돌아보지 아니할 수가 없어서 각별히 온 것이거늘, 네가 어찌 이렇듯 거절하여 이 늙은 것의 깊은 뜻을 업신여기느냐?"
하며 꾸짖는지라, 콩쥐는 이에 다시 사례하고, 그 물독을 기울여 주어 두꺼비가 엉큼엉큼 기어 그 밑으로 들어가게 해주더라.

콩쥐는 독을 바로잡아 놓은 다음 물을 길어다 부으니, 과연 몇 차례를 아니 떠와서 한 독이 가득 차므로 속으로 기쁨을 이기지 못하겠으나, 천연덕스럽게 계모 배씨에게 물독을 채웠노라고 아뢰니, 배씨도 겉으로는 좋아하는 모양이나 속으로는 이상한 생각을 품으니라. 그리하여 배씨는 마음속으로 뇌까리되,

'조것이 일전에도 난데없는 과일을 얻어 오는 것이 수상하더니, 이번에는 밑 빠진 독에 물을 채워 놓았으니, 아무래도 조년을 그냥 버려두었다가는 큰일낼 년이로다. 도시 조년이 어찌 된 계집아이기로 남이 할 수 없는 일을 능히 해내는 것일꼬?'
하고, 시기하는 마음이 별안간 꼭뒤까지 뻗쳐서, 그로부터는
'어떻게 하여야 조년을 보지 아니할까?' 하면서 입버릇처럼,
'조년을 그저, 조년을!'
하고, 벼르기를 마지아니하며 기회가 닥치기를 고대하더라.

그러구러 세월을 보내는데, 콩쥐의 외갓집 조씨댁에서 무슨 잔치가 있어 이에 콩쥐를 부르더라. 그리 하였더니 염치도 없고 인사도 모르는 계모 배씨는 큰마누라 본가집 잔치에는 무슨 체면으로 나서려는지, 콩쥐는 젖혀놓고 자기가 먼저 날뛰면서 하

는 말이,

"콩쥐야, 너는 집이나 보도록 해라. 내가 잠시 다녀올 터이니, 만약에 너도 가고 싶거든 베 짜던 것이나 마치고 말리던 겉피[1] 석 섬만 쓿어 놓고 오도록 해라."
하며, 비단저고리를 꺼내어 입고 싸 두었던 진신[2]도 끌어내어 신고서 한동안 수선을 피우며 맵시를 내더니 팥쥐만을 데리고 떠나니라.

하는 수 없어 콩쥐는 혼자 처져서 눈물을 흘리면서 겉피 석 섬을 마당에 널어 놓고는 얼른 베틀에 올라앉아서 짤깍짤깍 짜기를 시작하나 60척이나 되는 기나긴 한 필 베를 짜 낼 길이 망연(茫然)하더라. 그러는 사이에도 피멍석에는 난데없는 새떼가 덤벼들어 쪼아먹기에 콩쥐는 허겁지겁 뛰어내려가서 기를 쓰고 쫓았으나 오히려 소란을 피울 뿐 가냘픈 계집아이의 힘으로는 아무리 하여도 힘에 겨운 노릇이더라. 콩쥐는 외갓집 잔치에도 계모 때문에 가지 못하게 된 것이 어린 마음에도 매우 분하거늘, 이제는 새떼마저 저를 미워하는가 하여 절로 솟아나며, 한숨이 북바치므로 베틀 위에 엎디어 울면서 한탄하기를,

"새야, 새야, 인정 없는 이것들아! 너희들이 모두 쪼아먹더라도 제발 덕분 헤쳐 놓지나 말려무나! 그 피 석 섬을 말려서 쓿어 놓아야 외갓집에 갈 터인즉, 아무리 한들 가기는 다 틀렸구나! 저것이 마른다 하더라도 해가 이미 기울 것이매 쓿기는 어찌 쓿으며, 또한 이 베인들 어찌 하루 이틀에 끝이 날 것이냐?"
하고 한탄함을 마지 아니하며, 이렇듯이 고생살이 끝에 모처럼

---

1) 겉껍질을 벗기지 않은 피.
2) 진날에 신는 기름에 절은 신.

의 외갓집 잔치에도 참례를 못 하는가 하여 더욱 서러움이 한풀 드세지더라.

그러나 역시 어머니를 여읜 어린아이인지라, 생각할수록 외갓집에 가고 싶은 마음에 생각이 돌멩거리니, 잠시도 삼추(三秋)[3]같이 여겨져서 다시금 울기를 시작하더라. 얼마나 울었던지 콩쥐는 정신을 못 차릴 지경인데, 어느새 한 번도 보지 못한 예쁜 여인이 찬란한 비단옷을 곱게 차려 입고 신기한 향내를 피우며 뚜렷한 모습으로 베틀 앞에 다가서며 이르기를,

"여보시오, 새악씨! 새악씨가 그토록 외갓집에 가고 싶다면 어느 세월에 그것을 마치고 가려 하나뇨? 내가 비록 재주는 없으나 잠깐 베틀을 빌린다면 비록 굵고 성길지라도 당장 짜 낼 것이니 새악씨는 곧 떠날 차비를 하도록 하오."

하며, 콩쥐에게 베틀에서 내려오기를 재촉하더라.

콩쥐는 마지 못해 베틀에서 내리며 공손하게 여쭈기를,

"어떠한 부인이신지도 자세히 모르옵는데, 어찌 제가 외가에 가려 함을 아시옵고, 이렇듯 아무런 연고(緣故)도 없는 터수에 이 베를 대신 짜 주시겠다 하시오니, 소녀는 부인의 말씀만 듣자와도 고마운 생각이 뼈에 사무치나이다. 바라오니 부인께서 누구신지 가르쳐 주시오면, 후일에 뵈올 적에 인사를 여쭈고자 하나이다."

한즉, 그 부인은 다못 입가에 밝은 웃음을 띨 뿐 말이 없이 베틀에 올라앉으니라.

그러더니 그 부인은 불과 얼마 아니 가서 짜던 것을 다 마치

---

3) 3년의 세월. 긴 세월.

어 놓고 베틀에서 내려오며 하는 말이,

"새악씨, 이제는 할 일이 다 끝났으매 바삐 외가에 가서 잔치에도 참례토록 하라. 또한 도중에서 좋은 기회도 있을 터인즉, 되도록 견디어 보면 차차 고생을 면하고 호강을 누리게 될지도 모르는 노릇이라."

하고, 한 비단 보자기를 풀어헤치더니 새로 지은 옷 한 벌과 댕기와 신발까지 새로운 것을 내어주면서,

"이것이 비록 좋은 것은 못 되나 새로 지은 옷이니 입고 가도록 하라. 나로 말하면 하늘에서 내려온 직녀(織女)[1]로서, 상제(上帝)[2]께 잠시 허락을 받고 이와 같이 왔은즉 오래 머무르지 못하겠노라."

직녀는 말을 마치더니 얼른 몸을 날려 공중으로 올라가는데, 멀어져 감에 따라 오색이 찬란한 구름으로 변하며 이윽고 그 형용이 없어지니라.

넋을 잃고 바라보던 콩쥐는 그제서야 깨달은 듯 하늘을 향하여 무수히 절을 하고 나서 그 의복을 입어 본즉, 옷감도 고운 비단일 뿐더러 품새도 틀림없이 들어맞는지라. 무한히 기뻐하며 허둥지둥 외갓집에 가려고 나서는데 깜빡 잊었던 것이 생각나니, 그것은 다름아닌 마당에 널어 놓은 겉피이렷다.

"저것 석 섬을 어찌 하고 간단 말이냐? 하느님도 도우사 새 옷을 내리시거늘, 난데없는 새떼는 무슨 원수가 맺혀 있기로 저렇듯 덤벼들며 쪼아먹느냐?"

막대를 집어들고 일어나서 마당에 내려간즉, 새떼는 훌쩍 날

---

1) 7월 칠석날 견우와 만난다는 천녀(天女)로, 천상에서 베 짜는 일을 맡음.
2) 옥황상제. 도가에서 말하는 하느님.

아가 버리는데 널어 놓았던 겉피 석 섬은 쓿은 쌀이 되어 그대로 남아 있더라. 콩쥐는 하도 신기한지라 속으로 생각하기를,
 '세상에 이상한 일도 많도다. 새떼가 덤벼들면 그 곡식은 결딴이 나는 줄로만 알았더니 이렇듯이 쪼아서 껍질만 벗기고 낟알을 한 톨도 먹지를 아니하며 날았다 다시 앉았다 하도록 날개를 붙여 놓을 줄이야 누가 생각하였으랴? 이런 줄도 모르고 욕부터 하였으니 내 한 짓이 죄스럽도다.'
하고 후회하며, 한편으로는 기뻐서 어쩔 줄을 몰라 하면서 그래도 그러모아 독을 채워 놓으니, 콩쥐는 이렇듯이 조금도 힘들이지 아니하였으되 계모가 시키고 나간 일을 잠시 동안에 모두 어김없이 끝내게 되었더라.
 이에 이르러 콩쥐는 다시 집을 둘러보아 간수하고 건너 마을 외갓집 잔치를 보러 가는데, 때는 바야흐로 춘삼월 좋은 계절이라 만자천홍(萬紫千紅)³⁾이 모두 스스로 웃기를 마지 아니하고, 나는 새와 닫는 짐승도 각기 그 즐거움을 마음껏 누리고 있더라. 콩쥐도 또한 그윽한 감회가 스스로 서리어, 나는 나비를 희롱하며 웃기도 하고 꽃도 탐내며 두서 없는 생각에 잠기어 놀양으로 가는 중에 어느 시냇가에 다다르니 물도 맑고 고기가 떼지어 노니는 것이 또한 낮 경치의 으뜸이라. 콩쥐는 맑은 시냇물에 손도 씻고 돌도 던져 고기도 놀래어 보곤 하니라.
 이때 뒤로부터 감사(監史)⁴⁾의 도임(到任)⁵⁾하는 행차가 위의

---

3) 울긋불긋한 여러 가지 꽃.
4) 조선 시대 때의 벼슬 이름. 민정·군정·재정·형정 등을 지휘·감독하던 8도 23부 또는 13도의 수직.
5) 관리가 임소에 도착함.

(威儀)를 갖추어 오느라고, '에라, 게 들어섰거라!' 하는 벽제(辟除)[1] 소리를 지르면서 잡인(雜人)을 치우는 바람에, 콩쥐는 허겁지겁 냇물을 뛰어 건너려다 그만 잘못되어 신 한 짝을 물속에 빠뜨리고야 마니라. 그러나 무섭고 다급한 즈음이라 콩쥐는 감히 건져 보려고도 하지 못하고서 아까운 생각만을 품은 채로 외가로 달려가더라. 뒤따른 행차가 그 길을 지나칠새 감사가 무심히 앞길을 바라보니 이상한 서기(瑞氣)가 눈에 띄는지라. 하리(下吏)를 지휘하여 그 서기가 떠도는 언저리를 찾아보게 하나 별다른 것은 없고 다만 개울 물 속에 아이 신 한 짝이 있어 그러하다 하기에 감사는 심중에 매우 기이하게 여기어 하리로 하여금 그 신짝을 간수토록 일러두고 도임한 후에 곧이어 감사는 신짝 잃어버린 사람을 찾아서 각처로 사람을 보내더라.

　이럴 즈음 콩쥐는 외가에 가서 외삼촌과 외숙모께 절하고 뵈온즉, 그때까지 못 오는 줄로 알고 섭섭히 생각하고 있던 외삼촌 내외는 매우 기꺼워하며, 어머니가 별세하신 후로 고생살이가 많음을 진심으로 위로하여 좋은 음식을 갖추 차려 주거늘, 홀로 계모인 배씨의 기색만이 좋지 아니하여 콩쥐를 보고 이르는 말이,

　"콩쥐야, 네 짜던 베는 다 짜고 왔느냐? 말리던 겉피도 다 쓿어 놓고 왔느냐? 또 집은 어찌 하려고 비워 두고 왔느냐? 그 비단옷은 어디서 웬 것을 훔쳐 입었느냐, 응? 어떤 놈이 네 대신하여 주더냐."

---

1) 존귀한 이의 행차에 별배(벼슬아치 집에서 부리는 하인)가 여러 사람의 통행을 금해 길을 치우는 일.

이렇듯이 계모는 콩쥐를 몰아치며, 남 못 보는 틈틈이 꼬집어 뜯으면서 따져 묻는지라, 콩쥐는 하도 기가 막히어 할 수 없이 그 사이에 겪은 바를 낱낱이 아뢰니라. 그리하여 콩쥐의 얘기를 듣던 계모는 눈알이 다시 삼모은행처럼 변하여지고 얼굴이 청기와처럼 푸르러지니 그 흉악한 속마음이야 어찌 다 말할 수 있으리요.
 그때는 온 집안이 터지도록 손들이 모여 있었는지라, 이 구석 저 구석에서 콩쥐의 불쌍한 이야기를 주고받으니,
 "저 새악씨는 어머니가 없으니 그 고생이 오죽할꼬?"
하는 사람도 있고,
 "저 새악씨가 계모한테 구박을 받으면서도 되도록 말없이 공궤(供饋)[2] 하여 나아가니, 부친에게는 둘도 없는 효녀렷다."
하고 칭송하는 이도 있고,
 "저렇듯이 고생을 은근히 당하는데도 부친은 전연 모르는 것 같으니 어찌하였던 그 부친이 그른 사람이라."
하는 사람도 있으며 또,
 "이번에 올 때에 새떼들이 모여들어 겉피 석 섬을 부리로 쓿어 주고, 다시 하늘에서 직녀가 내려와 베도 짜 주고 올라갔다 하는데, 그런 기이한 일로 미루어 보더라도 저 새악씨는 반드시 귀히 되리라."
하는 사람도 있고,
 "저 옷도 직녀가 주고 간 것이라 하는데, 어쩐 까닭에 신 한 짝이 없을꼬?"

---

2) 음식을 바침.

하며 모든 손들의 공론이 분분한데, 이때 마침 관가에서 차사(差使)[1]가 나와 동리를 돌아다니며,

"이 동리 신 한 짝을 잃은 사람이 있거든 이리 와서 말하고 찾아가라."

외치면서 바로 콩쥐의 외갓집 문전에 이르더니, 잔치에 모인 여러 손들께까지 일일이 그 신을 신겨 보이더라.

이때 배씨는 속으로 생각하되,

'저 신짝이 분명히 콩쥐년이 잃어버린 것인데, 그 옷과 한가지로 신발도 천녀(天女)가 내려와 주고 간 것이 틀림없은즉, 조년에게 무슨 별다른 일이 있을 것이요, 또한 관가에서 저렇듯이 신 임자를 찾으니 필시 상을 후히 내릴 것이다.'

하고, 관차(官差)[2] 앞으로 썩 나서며 큰소리로 하는 말이,

"여보시오, 관차님네! 그 신 임자는 바로 나인데, 그 신짝을 잃고서는 아까운 생각을 참을 길이 없어 간밤에도 잠 한숨 이루지 못하였은즉 이리 주시오. 그 신을 엊그제 새로 사서 신고 당일로 잃어버렸소."

관차가 그 말을 듣고 물어 보되,

"그러면 잃어버린 곳은 어디며, 어떻게 하다가 잃어버렸단 말이오? 이 신짝은 내가 얻은 바도 아니고, 이번에 새로 도임하신 감사 사또께서 노중에서 얻으신지라, 신 임자를 찾아서 관가로 데려오라는 분부가 계시옵기로 만일 당신이 잃어버린 것이 틀림없으면 이리 나와 신어 보시오."

하고 신짝을 내어놓는지라. 배씨가 이 말을 듣고 버럭 화를 내

---

[1] 중요한 임무를 위해 파견하는 임시직.
[2] 관아에서 파견하던 군뢰 · 사령 · 아전 등.

며 뇌꺼리기를,

"아니, 관차님네, 내 말 좀 들어 보소! 내것 잃고 내가 찾아가는데 신어 보기는 무엇을 신어 보란 말이오? 신어 보지 않으면 내것이 아닐까 보아 그러시오? 어제 그 신을 사서 신고 이 집 잔치에 참례하러 오다가 저 건너 벌판에서 잃어버렸소. 그래도 내 말을 못 믿겠소? 여러 말 마시고 어서 이리 주시오!"
하며 신짝을 잡아 빼앗으려 하니, 관차가 그 하는 양을 보고는 어이없어 주저하다가 배씨의 발을 내어놓고 하고 그 신을 신겨 본즉 발은 중턱도 들여놓이지 아니하매, 관차는 무엄(無嚴)한 짓을 크게 나무라며 다른 사람들로 하여금 차례로 신어 보게 하니라.

이윽고 발이 맞는 사람이 없는지라, 관차들이 다른 곳으로 옮겨가려고 하는데, 콩쥐는 천연덕스럽게도 안체도 아니하며 구경만 하고 있는지라. 손님으로 와있던 어느 노부인(老婦人)이 당상에 올라앉아 있다가 관차를 불러 이르기를,

"그 신발을 잃은 사람을 어찌하여 관가에서 찾는지는 모르되 이 가운데 콩쥐라 하는 새악씨가 그 신짝을 잃고 찾으려 하나 부끄러워 차마 말씀을 아뢰지 못하는 듯하니, 신 임자를 찾아서 주고 가시오. 그 새악씨는 생전에 처음으로 얻은 신이라 합니다."
하고서, 콩쥐를 가리켜 주니라.

관차는 그 말을 듣고 콩쥐를 불러내어 신을 신어 보게 하니, 콩쥐는 부끄러워 낯을 붉히며 간신히 발을 내어밀어 얌전한 발부리를 신짝 안에 들여놓으매, 살며시 쏙 들어가 맞는 것이 의심할 바 없는 콩쥐의 신이렸다. 관차는 콩쥐에게 허리를 굽혀

절하고서, 이내 교군(轎軍)¹⁾ 한 채를 꾸며, 가지고 와서는 관가로 들어가기를 청하는데, 콩쥐는 아직도 시집가지 아니한 처자의 몸이라 괴이쩍은 생각도 들며 무서운 생각도 없지 아니하매, 외삼촌께 말씀을 여쭈어 동행키로 하니라.

콩쥐의 교자가 관가에 당도하니, 관문 앞에서 사채를 치우고 외삼촌이 먼저 안으로 들어가서 사유를 물어 본즉, 이때 감사는 소식을 고대하던 중이라, 신발을 잃은 처녀가 삼문(三門) 밖에 대령하였다는 말을 듣고 적이 놀라는 기색이 있더라.

이번에 새로 도임한 감사로 말하면, 당초에 벼슬이 종일품(從一品)이요, 승지(承旨)²⁾와 참판(參判)³⁾을 차례로 지낸 다음 전라 감사(全羅監使)로 외임된 양반으로서, 성은 김씨라 하더라. 김 감사는 본디 가산(家産)도 많으며 일가친척이 번다하나 일찍이 아들 하나 두지 못하고 부인을 잃은 고적(孤寂)한 신세이거늘 부인이 별세한 후로는 심화에 떠어 첩도 두지 아니하고, 스스로 마음을 가다듬어 가며 세월을 보내는 바이더라. 그러하매 자연 신기한 것을 즐겨 연구하는 성벽(性癖)이 생기어 조그마한 일일지라도 눈에 띄고 귀에 들리는 것이 마음에 기이하게 여겨지면 기어이 알아내고야 말곤 하니라.

도임하던 그날만 하더라도 이상한 서기(瑞氣)를 보자 그곳에서 새 신짝을 얻었기에 호기심에서 그 신 임자를 만나 보려 하였더니, 뜻밖에도 찾으러 나갔던 관차가 관령(官令)만을 중히 여긴 나머지 남의 집 처녀를 데려왔다고 하는지라, 김 감사는

---

1) 가마.
2) 조선 시대 때 승정원에 딸려 왕명의 출납을 맡아보던 정삼품의 당상관.
3) 조선 시대 육조의 종이품. 판서의 다음 벼슬.

매우 놀라니라. 그리하여 감사는,

"어떠한 처녀이기로 신짝에서 그토록 신기로운 서기가 생하는고?"

하며, 자세한 연유를 그 외삼촌에게 물었으나, 외숙이 되는 사람도 서기가 났다는 까닭에는 무어라 대답할 수 없으므로 결국 콩쥐로 하여금 친히 대답하도록 하니라.

콩쥐는 감사 앞이라 기이지 못할 줄을 알아차리고 할 수 없이 모친의 상사(喪事)를 당한 일로부터 계모 배씨가 들어온 이후로 구박이 자심하여 고생살이가 된 일이며, 나무 호미로 김을 매러 나갔을 적에 검은 소가 내려와 쇠 호미와 과일을 많이 주던 일이며, 독에 물을 채우되 두꺼비가 밑빠진 물독을 받쳐 주던 일들을 차례차례 이야기하고, 이번 외가에 올 적에도 계모의 시킨 일과 새떼가 몰려들어 겉피 석 섬을 벗겨 준 일에서 직녀가 내려와 베도 짜 주고 옷도 주어서 입고 오는 길에 감사 행차의 벽제 소리에 놀라 신 한 짝을 잃게 된 사유를 물 흐르듯 낱낱이 아뢰니라. 감사는 듣기를 다하자 놀라며 한편 기뻐하여 진심으로 콩쥐의 덕행(德行)을 흠모하여 마지 아니하더니 이윽고 그 외숙더러 이르되,

"내 일찍이 아내를 여의고 슬하에 한낱 자식이 없으나 여지껏 첩이라도 두지 아니하였음은 좋은 규수를 만나 속현(續絃)[4] 하여 가문을 유지하려 함인데, 지금 그대의 생질녀를 본즉 가히 군자의 건즐(巾櫛)[5]을 받들만 하기로, 그대가 깊이 생각하여 나의 뜻을 저버리지 않을진대, 후한 예로써 규수를 맞아 백년을

---

4) 아내를 여읜 뒤 다시 아내를 맞음.
5) 수건과 빗, 즉 낯을 씻고 머리를 빗는 일.

같이 하리로다. 혼인은 인륜대사(人倫大事)¹⁾이라 신중을 기하려니와 그대의 뜻은 어떠하뇨?"

콩쥐의 외숙은 영문도 모르고 따라왔다가 감사로부터 뜻밖의 소청(所請)을 받게 되니 어찌할 바를 모르다가 사또를 우러러 대답하되,

"감사의 말씀을 듣자오니 황송무지(惶悚無地)할 따름이오나, 질녀는 어려서 모친을 여의고 아무것도 배운 것이 없삽거늘 어찌 사또를 받들 수 있겠나이까? 사또께서 먼저 이르시는 말씀이오라 어찌 복종하지 아니할 수 있사오리까마는, 그러하올진댄 질녀의 부친이 있사온즉 일단 물러가 상의하옵고 다시 들어와 아뢰겠나이다. 다못 구차한 인생들이오라 갖추지 못한 바가 많사오니, 차후 사또께서는 너그러이 굽어살피사 많은 용서하심이 있삽기를 엎드러 바라옵니다."

하고, 콩쥐의 외숙은 얼낌 떨낌에 고생이 막심한 질녀의 한 몸을 팔자 좋게 치러 주고는 싶었으되, 저의 부친이 있는 처지에 자기가 독단으로 결정할 수 없겠기로, 곧 최 만춘과 의논하고자 감영(監營)을 물러나오니라.

재취한 배씨에 눈이 어두운 최만춘으로서는 콩쥐의 영화를 더욱 지체 높은 감사와의 혼담을 싫어할 리만 무하매 곧 혼인을 승낙하며, 일변 택일을 서둘러서 감사의 재취 부인으로 온갖 예를 갖추어 콩쥐를 시집보내게 되었더라.

그러한데, 배씨는 당초에 제가 잘되어 영화를 누려 볼 요량으로 전일에 관차를 속이어 제가 잃어버린 신이라 하고, 콩쥐의

---

1) 사람이 살아감에 있어서 겪는 중한 일.

복을 앗으려 하다가 발각되어 무안을 당한 후로는 콩쥐를 미워하는 마음이 더욱 심하여지는데 팥쥐도 또한 샘이 북바쳐,

'콩쥐 조년이 지금은 조렇게 고운 옷에 단장을 하고서 감사의 부인이 되어 가거니와, 네가 내 솜씨에는 어차피 응덩이를 벌리고 앉아서 편안하게 호강은 못 하리라.'
하고, 이를 벅벅 갈면서 기회가 오기를 벼르고 있더라.

하루는 벌써 석류꽃이 한철을 지냈고 쓰르라미가 목을 가다듬어 우는 소리에 문득 세월이 빠름을 깨닫고, 서둘러 조처하여 보리라는 생각이 치밀어오르는 팥쥐는 감영 내아(內衙)[2]로 콩쥐를 찾아보러 들어가니라.

그때 사또는 공청(公廳)에 나아가고, 다만 홀로이 콩쥐가 녹의홍상(綠衣紅裳)을 떨쳐입고 분벽사창(紛壁紗窓)[3]으로 아담히 꾸며 놓은 후원 연못가의 별당에서 난간에 의지하여 힘있게 솟아오른 연꽃을 구경하고 있는지라. 팥쥐는 거짓으로 반색을 하며 달려들어 눙치기를,

"에그머니, 형님 그동안 혼자서만 편안히 지내셨구료? 보기 싫은 이 팥쥐는 형님이 출가하신 후에 시시때때 형님 생각이 간절하고, 어찌나 지내시는지 궁금하기 측량할 수 없어서 구차한 옷주제에도 체면 불구하고 형님을 보러 왔소. 내가 전에는 철없이 형님한테 응석처럼 한 노릇이 지금까지라도 어떻게 생각하시는지 모르거니와, 나는 가끔가끔 잘못한 뉘우침이 뼈에 사무치며, 그만하면 시집을 가서 우리 형제가 떨어져 있게 될 것을 어찌하여 그리하였던고 하는 마음이 참말로 금할 수 없는 때가

---

2) 지방 관아의 안채.
3) 하얗게 꾸민 벽과 깁으로 바른 창이라는 뜻으로, 여자가 거처하는 아름답게 꾸민 방.

있습니다. 그렇더라도 형님은 그런 것을 속에다 품어 두시지 말고 다만 우리 형제가 범연하게 지내지는 맙시다."
하면서, 여러모로 간교(奸巧)를 부려 없는 정을 있는 듯이 눈물을 찔끔거리며 수선을 피우니라.
　본디 악의가 없는 사람은 속기를 잘하는 법이라. 콩쥐는 그 말을 들으며 역시 마음에 감동되는지라. 속으로 생각하기를,
　'저것이 아무리 그 전에는 그토록 나를 모해(謀害)하였더라도 그때는 철을 모를 때요, 이제는 나이가 들어 깨달은 바 있기에 저토록 사과하는 것이니 기특한 일이로다.'
하고서, 좋은 음식도 대접하며 살아가는 형편도 물어 보곤 하면서 집안 구경도 시켜 주더라.
　이때 팥쥐는 외양으로는 그렇듯 정숙하게 끌었으되, 내심으로는, '콩쥐 조년을 어떻게 하면 움도 싹도 없어지게 할꼬?' 하는 간악한 심사가 북바쳐, 뱃속에서 온갖 꾀를 꾸며 가며, 콩쥐를 따라 별의별 화초와 온갖 경치를 구경하다가, 연당 앞에 이르매 문득 한 묘계(妙計)를 생각해 내어 콩쥐를 강권하여 함께 목욕하기를 청하였더니, 콩쥐는 '부끄럽다' 고도 사양하고, '더위를 먹는다' 고도 사양하고, '영감께서 들어오실 시각이 되었다' 고도 사양하고, 하다 못하여 '연못 속에 구렁이가 있다' 고도 사양하여 보았으나, 팥쥐는 생각이 다른지라 만사를 무릅쓰고 함께 목욕하기를 간청하므로 드디어 콩쥐와 팥쥐는 옷을 못가에 벗어 놓고 연못으로 들어가 목욕을 하게 되니라.
　그리하여 콩쥐와 팥쥐는 한동안 더위를 잊은 듯이 시원한 물놀이를 즐길새, 팥쥐는 슬금슬금 콩쥐를 깊은 곳으로 이끌고 가서 별안간 밀쳐 넣으니, 뜻밖에 벌어진 일이라 어찌할 도리도

없이 콩쥐는 그대로 물 속으로 빠져들고야 마니, 슬프다! 콩쥐는 겨우 잡은 부귀영화를 마음껏 누려 보기도 전에 이렇듯 연못 귀신이 되고야 말 줄을 누가 꿈엔들 알았으리요.

간특(奸慝)하고 요악(妖惡)한 팥쥐는 콩쥐가 물 속으로 들어간 채 물거품만 두어 차례 풍풍 솟아 올라옴을 제 눈으로 보고서야 마음이 통쾌하여진 듯이,

"그만하면 나의 계교가 마음대로 되는 것을 쓸데없이 오래도록 마음을 썩히었구나!"

라고 뇌까리면서, 입가에 웃음을 띠우며 급히 밖으로 나와서는 콩쥐의 옷을 제가 주어 입고, 저의 옷은 거두어 치워 버린 연후에 태연히 모습으로 마치 콩쥐인 양 별당 난간에 의지하여 연꽃을 바라보면서 못내 기뻐함을 마지 아니하더라.

감사는 이때 공사를 마치고 내아로 들어간즉 계집 하인들이 여쭈기를,

"마님께서는 후원 별당에서 홀로이 연꽃을 구경하고 계시옵니다."

하는지라. 감사는 발길을 후원으로 돌리니라.

김 감사는 콩쥐를 맞아들인 후로는 공사만 끝나면 콩쥐를 떨어지지 못하던 터이라, 홀로 연꽃을 구경하고 있다는 말을 듣자, 자기도 역시 연꽃을 구경하고 아울러 콩쥐가 연꽃을 사랑하는 의취(意趣)도 들어 보고자 하는 생각에서 급히 별당으로 돌아드니, 그때까지 난간에 기대어 꽃구경을 하고 있던 팥쥐는 재빨리 자리에서 일어나 웃음띤 얼굴로 내려와 맞으며, 감사도 또한 기쁜 낯으로 부인의 손목을 잡고서 다시 별당 난간으로 올라가 웃으며 하는 말이,

"부인은 연꽃 구경으로 오늘은 얼마나 즐거우오?"
하며, 이야기를 하다가 문득 그 얼굴을 스쳐보니 전일의 모습과는 달리 푸르고 거무튀튀할 뿐더러 얽기까지 한지라, 이에 크게 놀라 낯빛마저 잃으면서 그 사유를 다시 물은즉 팥쥐가 대답하기를,

"종일토록 이곳에서 서성거리며 영감께서 오시기를 기다리고 일광을 쏘여 이토록 검은빛이 되었사오며, 얽어 보이는 것은 다름이 아니오라, 아까 영감께서 들어오시는 줄로 알고 허둥지둥 뛰어나아가다가 그만 발이 걸려 콩 멍석에 엎어지는 바람에 이 모양으로 되었나이다."

하니, 감사는 그 말을 듣고 부인이 늙은 남편인 자기를 사모함이 그토록 심함을 고맙게 여기어, 여러 말로 위로하여 다못 그렇게 얼굴이 변해진 것만을 애석하게 여길 뿐이요, 사람이 바뀐 것은 전연 깨닫지 못하더라.

이러구러 며칠을 지낸 다음, 하루는 감사가 몸이 불편하기에 일찍이 공사를 마치고 들어와 연못가를 배회하노니, 못 가운데서 전일에 보지 못하던 연꽃 한 줄기가 눈에 뜨이니라. 꽃줄기가 유별나게 높이 솟아나 있을 뿐더러 꽃 모양도 신기하며, 아름다움이 비길 데 없으므로, 노복(奴僕)으로 하여금 그 꽃을 꺾어다가 별당 방문 앞에 꽂아 놓게 하고 감사는 그 꽃을 사랑하여 마지아니하더라. 그러나 팥쥐는 일찍이 깨달은 바 있으므로, 그와 같이 큰 꽃이, 별안간 그다지도 곱고 아름답게 솟아남을 심상치 않게 생각하던 중이라, 영감이 그 방을 떠나면 팥쥐가 들어가 보곤 하는데 참으로 괴상함은 팥쥐가 그 방에서 나올 적마다 그 꽃송이 속에 손과도 같은 것이 있는 듯, 팥쥐의 머리채

를 바당바당 쥐어뜯곤 하더라. 한두 번이 아니요, 번번이 뜯기를 마지아니하는고로 팥쥐는 매우 놀랍게 여기며 아주 미워하여 뇌까리되,

"요것이 필연 콩쥐년의 귀신이 붙은 것이다!"

하고, 그 꽃을 뽑아다가 불아궁이에 처넣었더라.

그로부터는 과연 머리를 뜯기는 일도 없으며, 팥쥐의 마음은 무한히 상쾌하여 혼자 이르기를,

'콩쥐년, 제 아무리 죽은 귀신이 영특할지라도 나의 알콩달콩 깨박이 쏟아지게 사는 것이 배만 아플 뿐이지 다시는 별수가 없으렷다!'

하며, 한시름을 놓은 듯이 좋아하더라.

이제는 아무 것도 꺼리는 바 없이 콩쥐의 세간도 마구 뒤지며, 제 마음대로 채를 잡으려 드는데, 다시금 이상한 일이 벌어지니라. 바로 이웃에 사는 할멈 하나가 불씨를 얻으려고 감사댁 내아로 들어와 기왕부터 감사 부인과는 친숙한 터이매 바로 연못가 별당으로 가서 아궁이에서 불을 떠 가려 하는데, 아궁이 속을 들여다보니 불은 씨도 없이 꺼져 있고 난데없는 오색 구슬이 한 아궁이 가득히 대글대글하므로, 노파는 구슬이 탐이 나서 허겁지겁 구슬을 모조리 치맛자락에 쓸어 담아 가지고 급히 집으로 돌아가서는 남이 행여 알세라 반닫이 속에 감추어 두니라.

그리하였더니 천만뜻밖에도 반닫이 속으로부터,

"할멈! 할멈!"

하며, 부르는 소리가 감사 부인의 목소리와 흡사한지라 노파가 매우 놀라며 반닫이 문을 열고 본즉, 어찌된 연고인지 감사 부인이 그 속에 들어앉아서 노파에게 반색을 하며 말하기를,

"내가 본래 콩쥐라 하는 여자임은 김 감사와 혼인할 적에 이 고을 사람들이 모두 알고 있거니와, 우리 계모가 데리고 들어온 딸 팥쥐라 하는 계집아이가 있어 항상 나를 모해코자 벼르다가, 이번에 무슨 정이 깊었던지 나를 찾아왔다가 여차여차 되었노라."
하며, 그 연못에 빠져 죽은 사연을 낱낱이 밝히고서, 다시 노파의 귀에다 입을 대고 '여차여차 하여 달라'는 묘계를 가르쳐 주니라.

노파는 이상도 하거니와 우선 무섭고 두려운 생각이 앞서므로 머리를 조아리며 응낙하고, 그와 같은 묘계를 거행할새 남한테 빚도 얻고 또 얼마간의 볏섬도 찧어 팔아서 돈을 장만하여 가지고 진수성찬(珍羞盛饌)으로 잔치를 베풀어 거짓으로 노파의 생일이라 일컫고, 노파는 몸소 김 감사를 찾아보고 공손히 아뢰기를,

"오늘은 소인네의 생일이옵기에 변변치 못하오나 음식을 조금 준비하였삽기로 감히 사또의 행차를 청하오니, 누추한 천인(賤人)의 집이오나 백성의 솟는 정을 하념(下念)하옵시와 잠시 들러 주시오면 한잔 박주(薄酒)일망정 관과 민이 함께 즐겨 보올까 하나이다."
하고 재삼 앙청(仰請)하였더니, 감사도 그 노파의 뜻을 가상히 여겨 바쁜 시각을 쪼개어 노파의 집에 행차하게 되었느니라.

노파는 본디 아전(衙前)[1]의 계집으로서 사또의 행차를 맞게 됨은 다시없는 영광인지라 매우 기뻐할 뿐더러, 동리 사람들까지 '감사가 행차하신다' 하여 구경하러 모인 사람만도 자그만

---

1) 지방 관아에 딸린 낮은 벼슬아치.

노파의 집을 테를 메울 지경이 되더라.

　감사는 노파 집에 이르러 상을 받으니, 온갖 음식이 안목을 황홀케 할 만큼 없는 것이 없이 높이 고인지라, 감사는 크게 칭찬하며 술을 따라 두어 잔 마신 후에 이것저것 맛을 볼 생각으로 저를 들어 한번 상을 구르니, 한 짝은 길고 한 짝은 짧은 것이 손에 제대로 잡히지 아니하므로, 심중에 노파의 소홀함을 괘씸히 생각하여 좋지 못한 기색으로 참다 못하여 젓가락이 짝이 틀림을 나무라니, 노파가 미처 대답도 하기 전에 홀연 병풍 뒤로부터 사람의 소리가 있어 대답하는 말이,

　"젓가락 짝이 틀린 것은 어찌 저렇게 똑똑히 아시는 양반이, 사람 짝이 틀린 것은 어찌하여 그토록 모르시나뇨?"

하는지라. 감사는 매우 놀랍게 여겨 잠시 말을 멈추고 가만히 마음을 가다듬어 생각해 보았으나, 아무리 궁리하여도 깨닫지 못하겠더라.

　'내외의 짝이 틀리다니 이 어쩐 말일꼬? 도시 이런 말을 하는 자가 사람인가 귀신인가?'

하고 감사는 그윽히 생각하다가도, 그 사이 자기 아내의 거동에 종종 괴상한 일이 있음을 갑자기 깨달으며, '필연 콩쥐에게 무슨 일이 있음이렷다!' 하여 바삐 돌아가 알아보리라 하는 생각에 진수성찬도 입에 들어가지 아니할 뿐더러 바늘방석에 앉아 있는 듯만 하더라. 그러나 일편정신(一片精神)이 집에 돌아가고자 하는 생각뿐이라, 억지로 주인 노파에게 치사하며 상을 물리고 일어서려 할 즈음 별안간 병풍 뒤로부터 녹의홍상을 떨쳐 입은 한 미인이 앞으로 나아와 감사에게 절하며 하는 말이,

　"영감께서는 첩을 몰라보시나이까?"

라고 물으매, 감사는 더욱 놀라움을 마지 아니하며 어찌할 바를 모르다가 이르기를,

"부인이 사람을 속이기를 이같이 심히 할 수가 있으리요? 내가 불민(不敏)하였든지 그대의 조롱이 심하였든지간에 여지껏 하는 일과 하는 말을 전혀 깨달을 수 없으니, 이렇듯 지체를 말고 빨리 사연을 말하고 사람의 답답한 가슴을 헤쳐 주기 바라오."

이와 같이 감사가 소청하니, 부인 콩쥐는 그 자리에 엎드러지며, 목이 메어 말이 잘 나오지 못하는 목소리로 하는 말이,

"첩은 팔자가 기구하여 고생을 면치 못하던 중에 영감의 두터우신 배려로 지체 있는 자리에 올랐삽기로, 배우지 못한 이 몸으로나마 정성껏 받들고자 하였더니, 뜻밖에도 의붓동생인 팥쥐라 하는 계집아이의 독살스러운 해를 입어 몸은 이미 연못 귀신이 되었사오나, 본디 첩의 성질이 악하지 아니하므로 상제(上帝)께서 세상에 다시 나게 하였삽기로, 이에 이르러 미진한 말씀을 여쭐까 하와 주인 노파께 신세를 끼치었으니, 영감께서는 이제 이렇게 된 이상 다른 생각일랑 갖지 마시고 그 팥쥐와 더불어 내내 안녕하시옵기 바라나이다."

하고는, 느껴 울기를 마지 아니하더라.

이야기를 다 듣고 나니 감사는 자기의 불찰이 부끄럽고 한편 팥쥐의 소행이 가증(可憎)하고 절통(切痛)한지라, 곧 선화당(宣化堂)[1]에 나아가, 팥쥐를 잡아 문초(問招)하며 또한 사람들을 시켜서 연못을 치게 하니, 과연 콩쥐의 신체가 웃는 낯으로 누워 있더라. 급히 건져내어 염습(殮襲)[2]을 하려 할 적에 죽었던

---

1) 관찰사가 사무를 보던 지방의 관아.
2) 죽은 이의 몸을 씻긴 뒤에 수의를 입히고 염포로 묶는 일.

콩쥐는 다시 숨을 돌리며 살아나니라. 그럴 즈음 노파의 집에서 울음을 그치지 못하고 있던 콩쥐는 홀연히 온데간데없이 없어졌으므로, 모든 관속(官屬)³⁾과 읍내에 사는 백성들까지도 한 신기한 변화에 놀라지 아니하는 사람이 없었더라. 그리하여 여러 사람이 한가지로, '팥쥐년은 천참만륙(千斬萬戮)⁴⁾되어야 마땅하다'고 떠들썩하게 말하므로, 드디어 감사도 그것을 알게 되매 문초를 더욱 엄히 하더라.

팥쥐는 형벌을 이기지 못하여 하나도 기이지 못하고 낱낱이 자백하니, 감사는 크게 꾸짖으며 즉시 팥쥐를 칼을 씌워 하옥시키고, 사실을 조정(朝廷)에 보고하니라. 수일이 지나매 조정에서 하회(下回)가 있기로, 감사는 형리(刑吏)를 시켜 죄인 팥쥐를 수레에 매어 찢어 죽이고 그 송장을 젓 담가 항아리 속에 넣고 꼭꼭 봉하여 팥쥐의 어미를 찾아 전하였더라.

팥쥐 어미는 처음에 팥쥐가 흉계를 품고 콩쥐를 해치러 들어갈 적에 매우 기뻐하며, '만반 조심하여 아무쪼록 성사하라'고 부탁하여 보낸 후에, 최만춘을 곧 고추박이⁵⁾처럼 차 버리고 다른 서방을 얻어 갔는데, 이는 혹시 후일에 만약의 경우를 생각하여 후환을 미리 막기 위함이었더라. 그리하여 주야로 팥쥐의 덕을 입고자 기다리던 중에 관가로부터 봉물(封物)⁶⁾이 왔다 하는 소리에 좋아라 하고 내달으며 훗서방된 자를 불러들여,

"이것 보시오, 내 딸의 효도를 보시오. 사위도 잘 골라서 시

---

3) 군아의 아전과 하인.
4) 수없이 베어 여러 동강을 내어 참혹하게 죽임.
5) 천한 계집의 서방.
6) 선물로 봉해 보내는 물건.

집을 보냈거니와, 시집간 지 얼마 아니 되어도 어미에게 잊지 아니하고 이런 좋은 봉물을 보내는구료! 영감도 내 덕이 아니면 관가에서 나오는 봉물을 구경하겠소? 이것 보시오."
하고, 항아리 아구리를 동여맨 노끈을 풀고 봉한 유지(油紙)를 헤쳐 보니, 큰 백항아리에 가득한 것이 모두가 젓갈이더라.
　또 따로이 글씨를 쓴 종이가 있기에 펴 보니,
　'흉한 꾀로 사람을 속이는 자는 누구든지 이와 같이 젓으로 담그고, 딸을 가르쳐 흉하고 독한 일을 실행케 한 자는 그 고기를 씹어 보게 하노라.'
하였기에, 팥쥐의 어미는 그 글을 익고 팥쥐의 소행이 탄로되어 결국 죽음을 당한 줄로 알고 끌르던 항아리를 그대로 버려두고 그만 기절하여 자빠지더라.
　그런데 팥쥐 어미는 기절한 채로 영영 깨어나지 못하고, 풍도지옥(酆都地獄)으로 모녀가 서로 손을 이끌고 가 버리니라.
　한편 김 감사는 콩쥐에게 자기가 불명(不明)하였던 허물을 사과하고, 이웃 노파에게 상급(賞給)을 후히 내린 다음 다시 콩쥐와 더불어 미진한 인연을 뒤이으니, 아들을 셋 낳고 딸도 낳아 화락한 나날을 보내더라.
　콩쥐의 부친 되는 최만춘도 찾아내어 숙덕(淑德)이 있는 여자를 취하여 아들딸 낳고 단란한 살림을 이룩하게 하여주며, 세상 사람들에게 어진 마음씨를 베풀어 어려운 사람 구제(救濟)하기를 자기 일처럼 생각하고 돈과 곡식을 아낌없이 뿌리니, 김 감사 내외분의 어진 덕을 모든 백성들이 칭송하기를 마지아니하고, 그 은덕은 멀리 후세에까지 전하여지더라.

작품 해설

〈콩쥐팥쥐전〉은 서구에 널리 알려져 있는 〈신데렐라〉라는 선고담(仙姑譚)과 같은 계열의 이야기로, 지은이는 알려져 있지 않다. 이 신데렐라 설화는 동양과 서양이 신기할 만큼 비슷한 것이 특징으로, 동양에서 이 계열의 설화로 가장 오랜 것은 약 1천 여 년 전의 당나라의 문인 은성식이 엮은 《유양잡조(酉陽雜俎)》에 〈오동의 가정〉 이야기가 있다.

조선 중엽 전라도 전주 근방에 퇴리 최만춘이란 사람이 부인 조씨와 딸 콩쥐와 함께 행복하게 살고 있었다. 그런데 불행히 콩쥐의 어머니는 우연히 병을 얻어 세상을 떠나고 말았고, 이어 최공은 배씨라는 과부를 얻어 후처를 삼았다. 배씨는 팥쥐라는 딸을 낳았다. 최공은 어미 없는 콩쥐를 불쌍히 여겨 팥쥐보다도 더 사랑해서, 배씨는 이것을 시기한 나머지 콩쥐를 학대했다.

하루는 배씨가 두 딸을 불러 호미를 주며 농사일을 배우라고 하면서, 팥쥐에게는 쇠 호미를 주고 집 근처에 있는 모래밭을 매게 하고, 콩쥐에게는 나무 호미를 주고 먼 곳에 있는 돌밭을 매라고 했다. 콩쥐는 돌밭을 얼마 메지도 않아서 호미자루가 부러지자 하늘에서 검은 소가 내려와서 쇠 호미를 주었고 맛있는 과일을 많이 주고 다시 하늘로 올라갔다. 콩쥐는 밭을 다 메고 과일을 가지고 집으로 돌아왔다. 계모는 콩쥐에게 욕설을 퍼부었고 과일을 모조리 빼앗아 팥쥐만 먹였다.

또 하루는 계모가 콩쥐에게 구멍이 난 독에 물을 길으라고 했다. 콩쥐가 아무리 길어도 물이 괴지 않았는데, 두꺼비가 나타나서 독의 구멍을 막아 주었고 이로써 물을 채울 수 있었다.

하루는 콩쥐가 외가집에 잔치가 있으니 놀러 오라는 소식을 받고 계모에게 이 소식을 이야기한 뒤 떠나려고 했다. 그러나 배씨 모녀가 가겠다고 나서면서 콩쥐에게는 짜던 베를 다 짜고, 겉피 석 섬을 말려 찧어 놓고 오라고 했다. 콩쥐는 외가집에 가지 못해 울고 있는데, 하늘에서 선녀가 내려와서 베를 짜 주고 새들이 와서 겉피의 껍질을 전부 까서 물고 갔다. 이에 콩쥐는 선녀가 준 옷을 입고 신을 신고서 외가로 갔다.

그런데 콩쥐는 시냇가에 이르러 감사의 도임 행차의 벽재 소리에 놀라 내를 빨리 건너려다가 신 한 짝을 물에 빠뜨리고 말았다. 감사가 시내 옆을 지나다가 광채가 나는 신 한 짝을 물에서 건져 돌아가서 신 잃은 사람을 찾았다.

처음에 계모 배씨가 자기 신이라고 하면서 상이나 탈까 하는 마음에 관가에 신을 찾으러 갔다가 매만 맞고 돌아왔다. 콩쥐는 감사가 신 잃은 사람을 찾는다는 말을 듣고는 부끄러움을 무릅쓰고 관가로 가서 감사를 만나 신에 대한 내력과 계모에서 학대 받고 있음을 이야기했다. 감사는 그때 마침 아내가 죽어 혼자 살고 있었는데, 콩쥐의 현숙함을 보고 동정해서 후실로 삼았다.

계모와 팥쥐는 갑자기 부귀를 누린 콩쥐를 질투한 나머지 흉계를 꾸몄다. 이어 팥쥐가 콩쥐를 연못에 밀어넣어서 죽인 뒤 팥쥐가 콩쥐 행세를 하고 감사의 부인이 되었다.

　하루는 감사가 연꽃을 꺾어 병에 꽂아 두었더니 팥쥐가 드나들 적마다 머리를 잡아 뜯었다. 견디다 못한 팥쥐는 그 연꽃을 부엌에 넣어 태워 버렸는데, 이웃집 노파가 감사의 집에 불씨를 얻으러 왔다가, 오색으로 빛나는 구슬을 발견하고 그것을 가지고 갔다. 그 구슬은 콩쥐로 화해 노파에게 자기가 죽었다는 이야기를 하며, 감사를 노파의 집에 초대하여 달라고 했다.

　노파의 초대를 받은 감사는 밥상 위에 놓인 젓가락이 같은 짝이 아닌 것을 알고 불결히 여겨 노파를 문책했다. 그러자 병풍 뒤에서 "감사는 젓가락의 짝이 틀린 줄은 분간하면서 사람의 짝 틀린 줄은 분간하지 못하시오" 하는 소리가 났다. 이에 감사는 불안해서 푸짐하게 차린 음식도 먹지 않고 돌아가려고 했다. 그러자 콩쥐는 아리따운 여인으로 화해 감사 앞에 나타나 자기가 죽은 이야기를 했다. 이 말을 들은 감사는 돌아가서 팥쥐를 문초하고 연못의 물을 퍼 내는데, 콩쥐는 그때까지 죽지 않고 살아 있었다. 감사는 콩쥐를 집으로 데리고 와서 다시 부인을 삼은 한편 팥쥐는 죽여서 독에 넣어 배씨에게 보냈더니, 독을 열어 본 배씨는 기절한 채로 영영 일어나지 못하고 죽었다.

  이와 같은 본전(本傳)은 30여 면밖에 되지 않는 짤막하다.

  이런 내용의 작품으로는 독일의 그림 동화집이나 프랑스의 페로오 동화집에도 수록되어 있으며, 서양 각국에도 많이 유행하는 설화이다. 이것을 보면 본전의 소재가 된 설화는 우리 나라의 고유한 민족 설화가 아니라 세계적인 설화임을 알 수 있다. 이 설화가 언제부터 우리 나라에 들어왔는지는 알 수 없지만 중국에서는 천 여 년 전의 문헌에 이와 같은 계통의 설화가 수록되어 있는 것으로 볼 때, 우리 나라에서도 오랜 옛날부터 왕래가 빈번했던 중국으로부터 유입되어 현재 전하는 〈콩쥐팥쥐전)과 같은 계모 설화로 변화된 것이 아닌가 싶다.

　본전과 소재가 된 설화를 대비해 보면, 본전의 전반에서는 소재인 설화를 충실히 표현했지만 후반에서는 소재인 설화에 없는 사건을 표현했다. 본전의 후반은 지은이의 허구적인 독창성을 발휘해서, 계모 소설의 권선징악적인 주제를 효과적으로 표현하고자 설화에 없는 사건을 허구화한 것이 아닌가 싶다.

　본전은 소재가 될 설화가 전기(傳奇)적으로 구성된 탓인지 사건의 현실성을 무시하고 있다. 그리고 계모 소설인데도 독자의 눈물을 흘리게 할 만한 비극도 찾아볼 수 없으며, 설화적인 표현을 완전히 벗어나지 못했다. 본전에서는 신선적인 사건을 빼면 아무것도 남지 않는 극히 비현실적으로 내용으로 되어 있다.

　그러나 본전의 특색은 세계적인 설화를 민족 설화화해서, 우리 나라를 배경으로 향토화했다는 점이라고 할 것이다.

옥낭자전

　명나라 만력황제(萬曆皇帝)[1]가 등극하였을 즈음에 조선국 함경도 고원(高原)[2] 땅에, 성은 이씨요 이름은 춘발(春發)이라 하는 사람이 살고 있었다. 가문이 대대로 빛났으며 가산이 넉넉하나 다만 슬하에 한 명의 자녀도 두지 못하여 매양 슬퍼하며 지내더라.

　하루는 그의 부인이 꿈을 꾸니 금강산의 부처님이 나타나 이르기를,

　"그대에게 자식이 없음을 불쌍히 여겨 내 자식 하나를 점지할 터인즉 귀히 키워서 장차 문호를 빛내도록 하라."

하기에 부인이 백배사례하다가 놀라 깨니 남가일몽(南柯一夢)이라. 부인은 즉시 가군(家君)을 청해 뵈옵고 꿈이야기를 자세히 아뢰니 서로 기뻐함을 마지아니하더니, 과연 부인에게 그 달

---

[1] 명나라 신종의 치세 연호.
[2] 지금의 함경남도 고원군.

부터 태기가 있어 열 달이 차매 옥동자를 낳게 되었더라.
　춘발이 매우 기뻐 서두르며 시비를 재촉하여 한탕에 씻겨 뉘고 자세히 들여다본즉, 몸집이 매우 크며 얼굴은 관옥 같은데 벌써 사람을 알아보는 듯하더라. 이렇듯 느지막에 옥동자를 얻게 되니 춘발 내외는 한없이 기뻐하며 이름을 시업(始業)이라 하고 자를 몽석(夢石)이라 지어 부르니라. 시업은 차차 자라남에 따라 골격이 비범할 뿐더러 기운이 장사인지라, 나이 불과 8세에 능히 100근 무게를 움직여 그 힘이 비길 데 없으매, 부모들은 아들의 사람됨이 다름을 짐작하고 깊은 산으로 보내어 글을 배우게 할새, 경계하여 일러 주기를,
　"옛날 성인께서 말씀하시되, '나무를 잘 자라게 함은 장인(匠人)[1]에게 달려 있고, 사람이 잘되기는 시서(詩書)에 달려 있다' 하셨으니 네 정성을 다하여 공부를 극진히 하여라. 그리고 우리 생전에 네가 벼슬에 올라 입신양명(立身揚名)[2]하여 가문을 빛내고 영화를 누리도록 하라."
　시업이 부모의 가르침을 명심하고 산중으로 들어가 학식이 높은 스승을 찾아서 글을 배울 제, 한 자를 배우면 능히 열 자를 깨달아 총명하기 이를 데 없는지라, 스승이 매우 사랑하여 많은 것을 가르쳐 주더라. 이리하여 수학한 지 수년 만에 시업이 집으로 돌아오니 그의 부모는 사랑하는 외아들을 여러 해 그리던 차에 이제 학업을 마치고 돌아온지라, 그 반가와함은 이루 형언키 어렵더라.
　이때 시업의 나이 16세에 이른지라, 부인이 가군께 아뢰기를,

---
1) 여러 가지 물건을 만드는 것으로 업을 삼는 사람.
2) 출세하여 자기의 이름이 세상에 드날림.

"시업의 나이 이미 장성하였으니 저와 같은 배필을 구하여 원앙의 노닒을 보심이 마땅하오니 가군께서는 하루바삐 요조한 숙녀를 널리 구하소서."

춘발이 대답하되,

"나의 뜻이 또한 그와 같으나, 시업의 짝이 될 만한 규수를 구하기가 쉽지 못할까 염려되오."

그로부터 춘발 내외는 매파(媒婆)를 각처로 보내어 현숙한 처자를 구하더라.

이 무렵 영흥(永興) 땅에 김좌수(金座首)라 하는 사람이 있었으니, 가세가 부유하고 명성이 원근에 자자하나 일찍부터 슬하에 자식이 없어 평생을 두고 서러워하더니, 하루는 그의 부인이 한 꿈을 얻어 한 선녀가 하늘에서 내려와 부인께 절하고 하는 말이,

"소첩은 천상 옥녀궁의 시녀이옵더니 옥황상제(玉皇上帝)께 죄를 입어 인간계로 내치시기로 장차 이 몸을 부인께 의탁코자 하오니 바라옵건대 부인께서는 불쌍히 여기소서."

하고 품안으로 드는지라, 놀라 깨어 본즉 한낱 꿈이더라. 즉시 좌수를 깨워 꿈이야기를 말하니, 좌수가 이를 듣고 해몽(解夢)하기를,

"하늘이 도우사 우리에게 자식 없음을 불쌍히 여겨 귀한 자식을 점지하시려 함이오."

이렇듯이 부부가 서로 기뻐하더니 과연 잉태하매, 아들 낳기를 10삭을 하루같이 조석으로 축수하여 마지않더라. 하루는 오색구름이 집을 두르고 향기가 진동하더니 드디어 부인이 순산하여 옥녀를 낳으니라. 좌수와 부인이 사내자식이 아니므로 적

이 섭섭히 여기기는 하나 아이 낳은 것이 처음인지라 역시 신기하게 여기며 자세히 보니 인물이 빼어나고 재덕(才德)이 외모에 나타나기로 좌수는 매우 기꺼워하며 이름을 옥랑(玉娘)이라 지어 주니라.

옥랑이 자라나 아니 16세에 이르매 얌전한 몸가짐과 고운 얼굴이 세상에 드물며 온갖 맵시를 고루 갖추었더니 이는 하늘이 내신 절색이라. 이를테면 홍련화(紅蓮花)가 아침 이슬에 반개(半開)한 듯 해당화가 봄바람에 날리는 듯하여 진실로 천하의 가인(佳人)이요 숙녀이더라. 그러므로 그 부모들은 매우 딸을 사랑하여 되도록 딸과 같은 군자를 짝으로 삼아서 봉황(鳳凰)의 노닒을 보고자 하더라.

하루는 들으니 '고원 땅에 사는 이춘발의 아들이 풍채와 학식이 뛰어나 이 세상에 비길 사람이 없다' 하는지라, 매파를 고원 땅에 보내어 신랑을 골라 보게 하였더니 이에 매파가 돌아와 아뢰되,

"소인은 비록 여자이오나 젊어서부터 남자를 보아온 것이 천만인을 내리지 아니하온지라, 여간 준수한 호남아(好男兒)를 구경하옴이 적지 않사온데 이번에 보고 온 신랑감은 사람됨이 비범하와 마치 천상의 선관(仙官)이 왕림하온 듯하여이다. 그 선풍도골(仙風道骨)[1]이 비록 옛날의 반악(潘岳)과 두목지(杜牧之)라도 미치지 못할 듯하오니 만일 털끝만큼이라도 거짓이 있사오면 중벌(重罰)을 당하겠나이다. 엎드려 바라오니 다시 사람을 보내어 알아보소서."

---

1) 신선의 풍채와 도인의 골격. 곧 남달리 뛰어나게 고아한 풍채를 일컫는 말.

하므로 김 좌수는 그 말을 듣고 기뻐하여 이르기를,

"그대가 무슨 연고로 거짓말을 하리요? 실로 신랑이 훌륭한 듯하니 사람을 다시 보낼 것이 아니라 내 친히 만나보고 결정함이 마땅하리라."

하며 매파를 후이 상 주고 그 무고함을 답례하더라.

다음날 김 좌수는 길을 떠나 고원에 이르러 이춘발의 집에 찾아 들어가니, 이 무렵 춘발이 또한 규수를 널리 구하다가, '영흥 땅 김 좌수의 딸 옥랑이 진실로 천상선녀 같다'는 말을 듣고 장차 중매를 보내어 가려 본 후에 그 말에 틀림이 없다면 즉시 통혼하여 아들의 혼사를 정하여 재미를 보려 하던 차에, 뜻밖에 김 좌수가 몸소 찾아왔다 함을 듣고 기꺼움을 이기지 못하여, 즉시 의관을 정제하고 사랑채로 나가 김 좌수를 정중히 맞이하니라.

두 사람이 좌정하고 초면 인사를 마친 다음에 춘발이 먼저 말하기를,

"궁벽한 산촌에서 생장하여 타관(他關) 출입이 없는고로 고성대명(高姓大名)을 듣자온 지 이미 오래되어 한 번도 존안(尊顔)을 대하지 못하와 못내 유감으로 생각하옵던 차에 존공(尊公)께서 이러한 시골의 한낱 필부를 꺼리지 아니하시고 멀리 왕림하시거늘 이 사람이 미리 알지 못하와 멀리 영접치 못하였으니 더욱 송구하나이다."

하니, 좌수는 가벼이 허리를 굽혀 사례하고서 대답하기를,

"소생의 천한 나이 60이라, 기력이 날로 쇠약하여 문밖 출입도 자주 하지 못하옵는지라, 존공의 성화(聲華)[2]를 매양 왕래하

---

2) 세상에 널리 알려진 명성.

는 사람들께 익히 듣삽고 한번 뵈어 태산 같은 경의(敬意)를 풀고자 하였으되, 덧없는 생활이 다사(多事)하고 겸하여 기력이 부족한 소치로 시일을 천연하옵다가 금일에야 비로소 평생 소회(所懷)를 풀까 하오니 허물치 마시옵소서."
하니 춘발이 과분한 말씀이라고 못내 칭찬하더라. 이어서 닭을 잡고 백반을 지으며 술을 내와 성의껏 후대하니, 그 친밀한 정의는 죽마고우(竹馬故友)에 못지 않더라.

어느덧 해는 서산에 저물고 촌가에 저녁 연기가 비끼니 석반을 끝내고 다시 주효를 내어 서로 권하며 밤이 이슥토록 정담을 그칠 줄 모르더니 때가 이미 삼경(三更)에 이르매 김 좌수는 술을 마시다가 잔을 멈추고 하는 말이,

"이 사람이 고향에서 듣자온즉 존공이 말년에 한 아들을 얻으시매 그 선풍도골이 당세의 반악(潘岳)이요, 두목지(杜牧之)라 하오니 한번 보기를 원하나이다."
하니 춘발이 겸사하여 대답하되,

"촌야(村野)의 용렬하고 속된 우리 아이를 어찌 그토록 과도히 칭찬하시오니까? 도리어 부끄러움을 이기지 못하겠나이다. 그러하오나 자식놈이 마침 출타하여 집에 있지 아니하옵기로 존전에 뵙지 못하오니 황공하옵거니와 명일에는 일찍 돌아올 듯하오니 만나보실 적에 미거하옴을 용서하시고 가르치심을 바라나이다."
하니 김 좌수는 과분한 말씀이라고 자주 머리숙여 예의를 표하더라. 뒤이어 주안상을 물리고 두 사람이 자리에 들었더니 얼마 아니 되어 계명성이 사면에서 일어나며 동녘이 희미하게 밝아오니 원래 노인들은 아이들보다 잠이 없는고로 일어나 금침을

밀치고 다시 이야기를 주고받으니 미미한 정화(情話)가 그칠 사이 없더라.

활짝 날이 밝아짐에 시비가 조반을 아뢰기로 두 노인은 세수를 마치고 막 조반상을 내어 먹으려 하는데 갑자기 한 옥인(玉人)이 밖에서 들어오더니 춘발한테 절하고 옆으로 물러나 공손히 앉기에 김 좌수가 눈을 들어 슬쩍 본즉 과연 천하에 드문 호남이라, 좌수가 젊은 시절부터 경향 각지를 왕래하여 안목이 넓으나 이는 보던 바 처음이라, 한번 보매 정신이 황홀하기로 뉘 집 자녀인가를 물으며 하는데 춘발이 그 동자더러 김 좌수께 '인사 드려라' 하면서,

"이 애는 사람이 늘그막에 얻은 아들 시업이올시다."

좌수는 그 말을 듣고 내심에 헤아리되, '매파의 말이 과연 헛되지 아니하도다. 천하에 어찌 이러한 귀공자가 있을 줄을 짐작하였으리요? 이는 진실로 우리 옥랑의 천장배필(天定配匹)이로다' 하고 황망히 답례하며 묻기를,

"금년에 몇 살이 되느뇨?"

동자 공손히 대답하되,

"16세이옵니다."

하니 김 좌수가 다시 묻되,

"그간 무슨 공부를 하였느뇨?"

동자는 앉음새를 바로하며 대답하기를,

"천질(天質)[1]이 비록 둔하오나 밝으신 선생의 열성으로 가르치심을 입사와 13경(經)을 대강 외었나이다."

---

1) 타고난 성질.

하니 좌수가 그 동자의 거동과 언사가 매우 온공유도(溫恭有道)[1]함을 보고 춘발을 향하여 크게 칭찬하여 이르기를,

"존공은 진실로 다복한 사람이외다. 영윤(令胤)[2]을 저렇듯 준초영오(俊超穎悟)하게 두시니 타인의 열아들을 가히 부러워하지 아니하시로다. 이 사람은 전생에 죄를 지은 바 많사와 늦도록 자녀를 두지 못하고 내자와 더불어 슬하가 외로움을 항상 슬퍼하였더니 천지신명이 정경을 가긍히 여기사 늦게야 딸 하나를 낳았나이다. 별로이 출중한 용모나 재질이 못 되오나 가히 남한테 빠지지 아니하여 군자의 시중을 받듦직하옵기로 존공이 이 사람을 한미(寒微)[3]하다 여기지 않으시거든 진진하게 좋은 인연을 맺어 양가의 돈목을 길이 두텁게 하심이 어떠하시뇨? 옛말에도 이르기를, '백발이 되도록 사귀어도 속마음을 주지 아니하면 새로 사귐이나 다름이 없고, 설혹 노상에서 처음 만나더라도 친숙한 사이가 될 수 있다〔白頭如新傾蓋如故〕'하오니 진실로 지기(志氣)만 상합할진대 교분의 오래고 새로움이 없음을 이름이오라. 존공과는 떨어져 사옵기로 죽마의 구교(舊交)는 없을지라도 일일 일야에 간담을 드러내고 깊은 회포를 풀었으니 하룻밤 사이에 사귄 정이 백년지기(百年知己)나 다름없사온즉, 깊이 간청하옵건대 존공은 이 사람의 당돌함을 꾸짖지 마소서."

춘발은 그 말을 듣고 마음속에 헤아리기를, '내 일찍이 김씨 규수의 아름다움을 들었는지라, 장차 매파(媒婆)를 보내어 통혼

---

1) 온화하여 공손하고 덕행이 있음.
2) 영랑. 남의 아들의 높임말.
3) 구차하고 지체가 변변하지 못함.

코자 하였거늘, 이제 김 좌수가 먼저 발설하니 이 어찌 하늘이 정하시는 연분이 아니리요' 하고는 물러나 앉으며 대답하되,

"우리 아이는 별로 내세워 말할 것이 없거늘 존공이 과도히 칭찬하시니 도리어 부끄럽소이다. 더욱이 한문미족(寒門微族)을 업신여기지 않으시고 친사돈의 후의를 맺고자 하시니 감사하기 이를 데 없사오나 스스로 헤아리건대, '오작(烏鵲)이 난봉(鸞鳳)의 짝이 됨이 아닐까' 하와 매우 부끄럽소이다."

하니 김 좌수는 기꺼움을 이기지 못하여 송구히 말하기를,

"이 무슨 말씀이시오? 영윤 같은 서랑(壻郞)을 얻으면 진실로 우리 딸아이가 과복함을 일컬을 터인즉 어찌 황감치 아니하리요?"

하니 춘발이 과분한 말씀이라 하면서 조반을 끝내더라.

이어서 춘발이 내실로 들어가 부인한테 시업의 혼사를 영흥(永興) 김 좌수의 여식과 더불어 완정함을 말하니 부인이 이르기를,

"첩은 또한 그 여자의 현숙하고 미려하다 함을 들은 지 오래이오니 다시 무슨 염려를 하오리까?"

하며 매우 기뻐하더라.

김 좌수는 수일을 머무르다가 회정하기에 이르매 춘발을 향하여 신랑의 사주를 청하기를 춘발이 또한 흔연히 기록하여 주니 좌수가 이를 받으면서,

"피차에 나이 육순(六旬)을 지내었은즉 남은 세월이 멀지 아니하온지라, 일찍이 원앙이 같이 노닒을 보고자 하오니 존공은 길일을 속히 가리어 양가의 경사를 마치게 하소서."

하니 춘발이 쾌히 응낙하기로 김 좌수는 매우 기뻐하며 집으로

돌아와 택일(擇日)의 기별을 고대하더라.

하루는 고원 이씨 댁으로부터 하인이 왔으므로 급히 봉서를 떼어 보니 춘삼월 15일로 길일을 정하였으매 김 좌수는 크게 기뻐하며 하인을 후히 대접하여 보내니라.

광음은 유수 같아서 혼례일이 가까와 옴에 혼수(婚需)[1] 범절은 미리 준비한 바라 다시 장만할 것이 없으나, 비록 김 좌수가 궁벽한 향곡에 살지라도 그의 명성이 인근에 자자한고로 그 일가 친척과 오랜 친구들이 모두 모이면 천 여 명이 넘는지라 음식 준비에 식솔이 바쁘더라.

한편 이춘발은 혼례일이 며칠 남지 않은지라 빙폐(聘幣)[2]를 갖추어 영흥 땅을 바라보고 치행하여 가는데 한 곳에 다다르니 때마침 영흥의 토호(土豪)[3]가 하인 배를 많이 거느리며 근방에 갔다 돌아오는 길이거늘 신랑 이시업이 앞을 달려 그 앞을 지나치게 되니 그 토호가 화를 버럭 내며 종인(從人)을 꾸짖어 신랑을 잡아 오라 하는지라, 이에 신랑의 부친 이춘발이 그 연유를 물은즉 토호의 종인은 불문곡직(不問曲直)[4]하고 달려들어 무수히 난타하며 질책하는 말이,

"양반 앞을 무엄하게 말을 달려 업신여기는 그 죄는 죽어도 아직 남을 터이라 너희를 잡아다가 법을 알게 하리라."

하니, 신랑이 그 말을 듣고 분함을 이기지 못하여 치행을 따르던 이씨댁 종자들을 호령하되,

---

1) 혼인에 드는 물품.
2) 경의를 표하는 예물.
3) 지방에서 양반을 떠세할 만큼 세력이 있는 사람.
4) 옳고 그른 것을 묻지 않음.

"저 토호의 하인배들을 모조리 결박하렷다!"

무릇 세력이 맞서는 경우에 대적(對敵)하기가 용이치 못함은 고금이 일반이라. 이러하므로 양편이 서로 치고 패더니 슬프다 일을 그르치도다. 자고로 일렀으되 '호사다마(好事多魔)'[5]라 하고 또 일렀으되 '큰일이 매양 작은 일로부터 일어나니라' 하더니 그 말이 옳았도다. 여러 사람이 어지러이 싸우다가 불행히도 토호의 종자 한 명이 이씨 댁 하인에게 맞아 죽게 된지라 토호가 그 광경을 보고 즉시 영흥군에 급보하니 영흥 부사(永興府使)는 장차(將差)[6]를 여러 명 놓아 빨리 범인을 잡아들이도록 분부하니라. 그러하나 죽은 자른 여러 사람에게 맞아 죽었거늘 어찌 한 사람으로 인하여 그 모든 사람을 죽일 수 있으리요?

부사의 영을 받고 장차 수명이 나옴을 알리는 자가 있는지라, 이미 많은 사람들이 흩어지고 다만 이씨 부자와 그들을 염려하는 종인(從人) 몇 사람이 남아 있을 뿐이더라. 장차들이 몰려와 모조리 관가로 잡아 들어가니 영흥 부사가 당장에 신랑 시업을 문초하매 신랑은 조금도 두려워하는 빛이 없이 아뢰되,

"소행은 고원 땅 이춘발의 아들 시업이며 영흥 땅 김 좌수의 딸과 더불어 이미 정혼한 바 있는고로 성취(成娶)[7]하기 위하여 길을 차려 오는데 이 고을 토호가 마침 어디를 갔다 오는 길이었나이다. 그리하여 소생이 말을 재촉하여 지나감을 보고 그가 나를 당돌하다 하여 종자를 놓아 무죄한 사람들을 욕보이며 무수히 구타하기로 소생이 처음에는 그렇지 아니함을 타일렀거늘

---

5) 좋은 일에는 혼히 나쁜 일이 생기기 쉬움.
6) 고을 원이나 감사가 심부름으로 보내는 사람.
7) 장가를 들어 아내를 얻음.

완미한 무리들이 말을 듣지 아니하고 심지어는 소생까지 구타하려 하였나이다. 그러하옵기로 소생이 연소한 마음에 분함을 참지 못하와 하인들로 하여금 대항케 하였더니 토호 측의 하인 한 명이 변변치 못한 용력을 믿고 여러 사람을 대항하다가 불행하여 죽음에 이르렀나이다. 바라옵건대 상공은 자초지종을 밝히 살피소서."

이시업의 공사(供辭)[1]에 귀를 기울이던 부사는 이윽고 하는 말이,

"사정은 비록 그러하나 네가 몸소 하인들을 지휘한 바이니 책임은 우두머리에게 있는지라 네 어찌 죄를 면하리요!"
하고, 옥리(獄吏)[2]에게 분부하되,

"죄인은 살인을 범하였기로 큰칼을 씌워 하옥케 할지며 다른 사람들은 모두 놓아 보내도록 하라."

춘발이 이 광경을 목도하매 눈앞이 캄캄한지라, 우러러 하늘을 부르고 땅을 치며 대성통곡하여 여러 차례 기절하니 보는 사람이 한결같이 측은한 정을 금할 수 없더라. 한편 김 좌수는 혼인날이 하루가 남아 있으매 일가친척과 동리사람들을 많이 모아 놓고 신랑측의 시행하여 오기를 기다리는데 갑자기 이춘발과 집사람이 황망히 당도하여 전후 수말(首末)을 아뢰니, 김 좌수는 뜻밖의 일에 매우 놀라며 하인을 영흥 읍내로 보내어 사건 전말을 소상히 탐지케 하니라. 얼마 후에 되돌아온 하인이 황망히 아뢰기를,

"방금 신랑을 옥중에 가두고 장계(狀啓)[3]를 올려 치죄(治罪)[4]

---

1) 죄인의 범죄 사실을 진술하는 말.
2) 감옥에 달려 죄수를 감시하는 이원(吏員).

하려 하옵는다 하오며 그 근방 사람들의 말을 듣자온즉 필연 신랑이 대살(代殺)⁵⁾을 면치 못하리라 하더이다."
하니 좌수를 비롯하여 모인 사람들이 그 말을 듣자 낯빛을 잃으며 어찌할 바를 모르더라.
 김 좌수는 혼인날에 쓰려고 장만하였던 음식을 내어 친척과 동리사람들을 먹이고 스스로 슬픔을 이기지 못하더니 이윽고 방성대곡하며 말하기를,
 "우리 두 내외가 늦게야 딸자식 하나를 두게 되었기로 애지중지 키워 내어 이제 저와 같은 배필을 구하여 늘그막의 외로운 회포를 풀어 볼까 하였거늘 조물(造物)이 시기하고 하늘이 미워하사 이렇듯 참혹한 화를 당하였구나! 예로부터 이르기를 '살인자는 사(死)라' 하였으니 신랑이 비록 몸소 죽인 바는 아니지만 책임은 우두머리에게 있는 법이니 그 죄를 어찌 모면할 수 있으리요? 장차 꽃 같은 딸아이의 백년청상(百年青孀)을 차마 어찌 눈뜨고 보리요?"
 이렇듯 치를 떨고 애통하니 곁에서 보는 사람이 모두 눈물지며 비감을 이기지 못하더라.
 이때 신부 옥랑은 이 소식을 듣고 취한 듯 어린 듯 생각에 잠기되,
 "박명(薄命)하다 이내 팔자여! 낭군의 모습도 보기 전에 천지가 무너지는 듯한 변괴를 당하니 이런 기박한 신세가 고금에 또 있을까 보냐? 내 비록 잔졸한 여자이나 이런 변을 당하고도 모

---

3) 지방 감사의 명령 또는 왕명으로 지방에 파견된 관원이 왕에게 서면으로 보고하는 계본.
4) 허물을 다스려 벌을 줌.
5) 살인한 사람을 사형에 처함.

르는 체하고만 있다면 무슨 면목으로 이제 다시 천지를 대하리
요? 차라리 내 몸을 빼어서 낭군을 위하여 대신 죽어 가 황천의
외로운 혼백이 됨을 면하면 이 역시 여자의 떳떳한 길이리라!"
하고는, 즉시 부모 앞에 나아가 여쭈되,

"소녀의 팔자가 기구하여 낭군의 모습도 보기 전에 전생(前
生) 차생(此生)에 생이별을 당하오니 원통하나이다. 소녀의 박
명으로 말미암아 부모님께 잊히지 못할 원액(冤厄)을 끼치오니
소녀의 불효 막심함은 거론할 거리도 못 되나이다. 그러하오나
오륜(五倫)¹⁾의 가르침 중에 부부지의(夫婦之義) 또한 중하온지
라 비록 성례(成禮)는 거행치 못하였으되 부친이 이미 허혼하시
고 남의 신물을 받았사오니 소녀는 이씨 문중의 사람이옵나이
다. '고기 그물에 기러기 걸린다' 하듯이 난데없는 횡액으로 중
죄를 얻어 생사를 판단키 어렵게 되었나이다. 만일에 신명(神
明)이 돕지 아니하시고 국법이 지엄하와 황천의 외로운 넋이 되
오면 어찌 원통치 아니하오리까? 그러하오매 소녀의 의향으로
는 낭군의 면목이나 한번 보아 두어 후일 저승에서 만나더라도
박정하다는 책망이나 면하고 싶사오니 바라옵건대 부모님은 정
상을 불쌍히 여기사 소녀의 소청하는 바를 들어 주소서."
하며, 고운 얼굴에 진주같은 눈물이 비 오듯 하니 좌수 내외는
그 측은한 정경을 보고 더욱 가슴이 터지는 듯하여 이르기를,

"네 말이 당연하나 연약한 여자의 몸으로 어찌 무사히 돌아
올 수 있겠느뇨? 그러하나 이미 네 마음이 그러할진대 비록 부

---

1) 다섯 가지의 인륜. 즉 군신 사이의 의리(君臣有義), 부자 사이의 친애(父子有親), 부부 사이의 분별(夫婦有別), 어른과 어린이 사이에는 차례(長幼有序), 친구 사이의 신의(朋友有信)가 있어야 함을 이름.

모라 할지라도 윤리(倫理)를 막기는 불가한즉 네가 마음 먹은대로 하라."

옥랑은 이같이 부모로부터 허락을 받자 곧 시비로 하여금 주효를 많이 갖추어 말에 싣도록 하고 신랑에게 입히려고 장만하였던 의복을 내어 대신 갈아입고서 나귀를 타고 태연히 나서니 짐짓 절묘한 소년 남아이더라. 낭자가 영흥 관가를 향하여 길을 재촉하니 여자가 남복으로 변장함을 누가 알리요.

옥랑은 옥문 밖에 당도하자 옥졸을 불러 이르기를,

"일전에 살인을 범하고 갇힌 이시업으로 말하면 일찍이 나와 동문수학(同門修學)[2]하였을 뿐더러 죽마고우(竹馬故友)라. 그가 참혹한 일을 저질렀으니 마땅히 중벌을 면치 못할지라, 친구의 정의를 잊기 어렵기오 생전에 한번 만나 보고 영이별을 하고자 하거니와 그대의 소견은 어떠하뇨? 모름지기 사양치 말고 말하여 주기를 바라노라."

옥졸들이 그 소견을 훑어 보매 선풍도골(仙風道骨)이 남아 중의 일색이요 또한 언사가 은공하며 친구를 염려하는 의리 또한 그러한지라, 소청을 감히 거역치 못하고 허락하니, 낭자는 매우 기뻐하며 가지고 온 주효를 내어 옥졸들을 먹이니 뜻하지 않은 음식에 옥졸들이 치사하며 이윽고 옥문을 열어 주니라.

이에 낭자는 남은 음식을 이끌고 옥중으로 들어갈 적에 뒤따르는 하인에게 일러 두기를,

"나는 명일 돌아갈 것이니 너희는 먼저 돌아가도록 하라."

하고 그들을 보낸 연후에 옥중으로 들어가니 이시업은 낯모르

---

2) 한 스승 밑에서 같이 학문을 닦고 배움.

는 소년이 들어오는고로 무슨 연고인지 모르겠기에 머리를 수그린 채 아무 말이 없더라. 낭자가 이시업의 앞으로 나아가 눈물을 흘리며 말하기를,

"하늘에 측량치 못할 풍운(風雲)이 있고 사람에게 바라지 않는 재앙이 있는지라 이렇듯이 흉변을 당하옵시니 무어라 사뢸 말씀이 없나이다. 소제는 형과 더불어 평일의 정의가 타인과는 다르옵는데 형이 불의에 불측한 화환(禍患)[1]을 당하셨다 하옵기로 동문수학하던 정의를 생각하여 한잔 술로 형을 위로코자 위험함을 무릅쓰고 이에 이르렀사오니 바라옵건대 형은 안심하시고 소제의 정성을 받으소서."

하고는, 문 밖으로 물러나오니라.

시업이 마음속으로 생각하기를,

'저 소년이 전혀 초면이거늘 어찌하여 나와 더불어 동문수학의 정의가 있다 하는고? 이는 반드시 무슨 연고가 있음이라. 그러하나 그 사람의 면모를 잠시 보아도 준초한 기상과 절묘한 용모가 나보다 월등하니 세상에 어찌 저렇듯 아름다운 남아가 있을까 보냐? 내가 일찍이 듣기로는 김 좌수의 딸이 인물이 금세에 절색이라 하더니 혹시 그 낭자가 나의 대환당함을 듣고 면모나 한번 보고자 하여 옴이 아닌가도 싶으나 그 언동이 너무도 씩씩하여 열장부(烈丈夫)[2]의 태도인즉 연소한 아녀자로서는 어찌 그러할 수 있으랴?'

곡절을 모르겠기에 여러모로 의심쩍게 여기는데 이윽고 다시 그 소년이 들어와 이생(李生)을 대하여 마주 앉더니 느껴 울며

---

1) 재앙과 환난.
2) 절개가 굳은 남아.

하는 말이,

"첩은 영흥 김 좌수의 딸 옥랑이옵나이다. 신수가 기박하여 군자께서 바라지도 않은 화를 당하시니 천지가 아득하오나 이제 새삼 누구를 원망하오리까? 첩이 비록 배운 바는 없사오되 옛날의 절부정녀(節婦貞女)의 행실을 듣자온즉 군자를 대신하여 의리를 온전히 하온 자 많사온지라 첩도 또한 그들을 따르고자 하나이다. 첩이 비록 용렬하오나 일찍이 사모함을 마지아니하였사오니 군자께서 안 계신즉 첩은 이제 무용의 여자이오라 첩의 생사가 세상에 관계될 바 없나이다. 그러하오나 군자께서는 이씨 문호의 영체(零替)³⁾가 달려 있사온즉 그 소중함이 첩에게 견줄 바가 아니옵기로 바라옵건대 군자께서는 첩의 옷을 바꿔 입으시고 나가시오면 첩은 군자를 대신하여 죽사와도 유한이 없사올 터인즉 지체치 마시고 곧 나가도록 하소서. 또한 첩이 비밀히 하온 계교가 탄로될까 염려하여 옥졸들에게 이미 독한 술과 좋은 안주를 주어 많이 취하게 하였사오니 근심치 마소서. 만나자 생이별이라 첩이 군자께 한 말씀을 부탁코자 하옵는데 군자께서 첩의 말씀대로 하여주시오면 첩이 비록 구천(九泉)으로 돌아갈지라도 여한이 없을까 하나이다. 첩의 부모가 노년에 이르도록 자녀를 두지 못하여 주야로 서러워하옵다가 늦게서야 첩을 낳으시매 비록 용렬한 여자이나 타인의 열아들을 부럽다 아니하시고 애지중지하사 풍한서습(風寒暑濕)⁴⁾에 병이 날까 염려하시며 일시를 떠나지 아니하시고 16세에 이르도록 양육하셨나이다. 고금 천하에 부모의 은덕을 모르는 자 어디 있사

---

3) 세력이나 살림이 아주 보잘것없이 됨.
4) 바람과 추위와 더위와 습기.

오리까 마는 첩 같은 사람은 그 은혜 더욱 망극하옵나이다. 그러므로 항상 탄식하옵기를, '전생에 무슨 죄악이 심중하였기로 이승에 남자의 몸이 되지 못하고 여자의 몸으로 태어나 천장지구(天長地久)[1]토록 부모를 봉양치 못하고 타문에 출가하여 춘풍추월(春風秋月)에 애를 끓으리요?' 하였삽더니 이제 와서는 출가하여 정화를 그리는 것보다는 오히려 천백층 더하오니 이는 조물이 시기하고 하늘이 미워하심이오라, 긴 한숨과 섧은 탄식을 하온들 무슨 얻음이 있사오리까? 엎드려 바라오니 군자께서는 처의 죽음을 꺼리지 마시옵고 시시로 왕래하사 첩의 늙은 부모를 위로하여 주소서. 다른 말씀은 더 드릴 것이 없사오니 잠시도 머뭇하지 마시고 속히 나가소서."

시업은 그제야 비로소 김좌수 딸이 분명함을 알고 칼머리를 들고 앞으로 다가앉으면서 낭자의 손을 잡고 길이 탄식하여 이르는 말이,

"규중의 연약하신 낭자가 소생의 죄로 말미암아 천신만고(千辛萬苦)를 겪으시고 험난한 곳에 들어와 외로운 심회를 위로하시니 진실로 생사간에 잊히기 어렵겠나이다. 그러하오나 사람의 목숨이 중하기로는 남녀의 구별이 없삽거늘 어찌 소생의 죄에 낭자가 대신 죽으려 하시는뇨? 이는 천만 불가하오니 그러한 말씀은 다시 이르지 마시고 빨리 돌아가소서. 만일 타인이 이 기미를 아오면 재앙이 적지 아니할 것이외다. 소생은 이미 스스로 지은 허물이오라 죽어도 한할 바 없거니와 낭자는 무슨 연고로 따라서 대환(大患)을 당하시리요?"

---

[1] 하늘과 땅은 영원히 변함이 없음.

하니, 낭자는 이 말을 듣고 정색하며 하는 말이,
"군자의 말씀은 가장 의리에 적당치 못하나이다. 옛 글에 일렀으되 '여필종부(女必從夫)'라 하였으니 첩이 군자를 따라 죽는다 할지라도 또한 불가함이 없겠거늘 하물며 군자를 위하여 목숨을 바꿈에서리요? 이는 민중에 떳떳한 의리오며 당연히 군자께서 용납하실 바이거늘 들어 주시지 아니하니, 이는 필시 군자께서 천첩을 불초(不肖)[2]한 사람으로 보시와 능히 의를 이행치 못하리라 여기심이외다. 첩의 일편단심이 허사로 돌아감이 어찌 가석치 아니하오리까? 일이 이미 이 지경에 다다랐으니 장차 무슨 면목으로 세상 사람을 대하리요? 차라리 이곳에서 자결하여 그로써 첩의 진정을 표하겠나이다."
하고 말을 마치더니 낭자는 의연히 품속에 간직했던 칼을 꺼내어 스스로 목숨을 끊으려 하더라.
깜짝 놀란 시업이 급히 칼을 빼앗으며 위로하여 타이르되,
"낭자의 말씀이 지당하오나 내 어찌 내 죄로 낭자더러 차마 대신 죽으라 할 수 있으리요? 소생의 심회가 매우 어지러워 한마디로 결단키 어려우매 낭자는 잠시 진정하소서."
하고, 낭자는 다시 재촉하기를,
"일이 급하온지라 어찌 허술히 처리하겠나이까? 옥졸들이 만약 술을 깨오면 두 사람이 한가지로 목숨을 보존치 못하올진대 차라리 한 사람이라도 보전하옴이 낫지 않겠나이까?"
하며 재삼 재촉하는지라, 시업이 내심 생각하기를, '낭자의 언사와 기상을 보매 비록 몸은 여자일망정 열렬한 남자의 언동이

---

2) 못나고 어리석음.

나 만일 그 말을 따르지 않을진대 필연 자결할 터이니 기왕 그러할 바에는 그 말을 시행하였다가 차후에 내 다시 좋은 계획을 도모하여 보리라!' 하고 낭자의 손을 잡으며 슬피 탄식하여 이르기를,

"슬프다, 무단히 이 사람의 불민함으로 사지에 빠지게 하니 신명(神明)이 만일 앎이 있을진대 어찌 이 몸을 용서하리요? 그러하나 이제 낭자의 굳은 뜻을 변키 어려운지라, 당장은 말씀대로 순종하려니와 이사람의 마음이 어찌 편안하리요?"

하면서 통분함을 마지아니하니라. 이에 이르러 낭자는 눈빛을 고치며 다시 바삐 나아가기를 재촉하는지라 이생은 할 수 없이 낭자가 입고 들어온 옷을 바꿔 입고 자기 목에 씌웠던 칼을 낭자에게 씌우니 낭자의 언사는 비록 남자에 못지아니하나 중시 여자의 몸이라 기질이 약하여 칼의 무게를 이기지 못하더라. 이생이 그 거동을 보매 눈물이 앞을 가리는지라 차마 발길을 돌이키지 못하며 서성거리고 낭자 또한 비참함을 겨우 억제하나 목이 메어 차마 말을 못 하니 이 어찌 슬프다 하지 아니하리요. 그러나 옥졸들 깨달으면 화를 벗어나지 못하겠기로 낭자는 이를 악물며 시업을 밀쳐나가게 하니 그 형상은 초목·금수일지라도 감동하겠더라.

시업이 할 수 없이 돌아서 나오니 여느때나 다름없이 옥졸이 지켜 있으나 처음에 낭자가 들어올 때 있던 옥졸이 아닌고로 아무리 이생의 얼굴이 낭자와는 다르고 눈물 흔적이 있으나 동문수학하던 사이에 생리사별(生離死別)을 당하니 피차에 슬퍼함이 있음직한 일이므로 의심치 아니하고 내보내니 이생이 낭자의 말소리로 옥졸을 향하여 무수히 치사하고 나가더라. 이생이

한 걸음에 두 번씩 엎드러질 지경이나 타인이 알까 염려하여 슬픔을 억누르고 호젓산 산길을 더듬어 돌아올새, 인적이 없는 곳에 이르러 땅바닥에 주저앉더니 목이 메도록 슬피 통곡하여 멈출 바를 모르더라.

이때 낭자의 종인이 집에 돌아가 좌수께 보이니 이에 좌수가 묻기를,

"아가씨는 어디 가고 네 홀로 돌아오느냐?"

종인이 대답하기를,

"아가씨는 이러저러하여 옥졸을 달래어 옥중으로 들어가시며 말씀하시기를 내일에나 돌아오신다 하시더이다."

하기에, 좌수가 심중에 의아하게 여기면서 딸아이가 돌아오기를 고대하더라.

지리한 하룻밤이 지나가고 밝는 날이 다시 저물도록 옥랑의 자취가 없는지라, 모두들 마음에 의혹이 생기어 온 집안이 뒤숭숭한 중에 부인이 조급한 마음으로 낭자의 침방에 들어가 서안(書案)을 살펴보니 편지 한 통이 놓여 있기에 괴이쩍게 여겨 들어 보니 겉봉에 쓰기를 불효녀 옥랑이라 하였더라. 부인이 매우 놀라며 급히 떼어 보니 그 글에 사연인즉, '불효여식 옥랑은 백 번 절하옵고 부모님 두 분 앞에 아뢰나이다. 사람이 천지간에 살매 오륜(五倫)이 지중하옵고 오륜 가운데 부자유친(父子有親)이 더욱 소중하오나 여자는 남자와 달라서 삼종지의(三從之義)¹⁾가 있사오며 그중에 부부의 도리를 지킴이 중하나이다. 그러므로 예로부터 열부정녀가 지아비를 위하여 대신 죽는 자 역사에

---

1) 조선 시대에 여자가 지켜야 할 세 가지의 예의 도덕. 어렸을 때는 어버이를 좇고, 시집가서는 남편을 좇고, 남편이 죽은 뒤에는 아들을 좇으라는 것.

소연하오니 소녀 비록 불민하오나 인간 의리를 매양 흠모하였 거니와 마음으로만 흠모하옵고 실사가 없사오면 어찌 사람이라 하오리까 소녀의 팔자 기구하여 군자가 소녀로 인하여 바라지 아니한 재앙을 당하오니, 소녀가 만일 안연히 앉아서 그 죽음을 보오면 부부의 도리는 고사하옵고 범상한 친구라 할지라도 의리에 있어 어떻다 하오리까? 그러하오매 부자의 천륜(天倫)을 돌아보지 못하옵고 가군(家君)을 위하여 목숨을 대신하려 하오니 실로 천지가 아득하옵고 일월이 한가지로 어둡는 듯하나이다. 엎드려 바라옵건대 두 분께서는 불효 여식(女息)을 생각지 마시고 천만보중하사 만수무강하소서. 죽사와도 불효한 죄는 천지에 가득하온지라, 이승에서 막대한 불효를 내생(來生)[1]에서 다시 두 분의 자녀로 태어나서 16년이나 키워 주신 은덕의 만분의 일이라도 갚으려 하나이다.'

다시 작은 쪽지에 두어 줄 글을 썼으니 부탁하였으되, '바라옵나니 소녀가 죽은 뒤라도 이생(李生)을 후대하여 소녀의 구천혼백(九泉魂魄)을 위로하소서.'

하였기에, 부인이 이 글을 보고 하도 기가 막혀 엎어지며 자빠지며 허둥지둥 좌수를 불러 그 글을 보이고 땅을 두드리며 통곡하기를,

"이내 몸이 무슨 신수로 늦도록 자녀가 하나도 없어서 서러워하다가 늘그막에 겨우 한낱 여아를 얻고 남의 열 아들보다 더 중하게 여겨서 손 안의 구슬같이 애중하여 한 때를 떠나지 아니하고 16세를 길러 내어 아름다운 배필을 정하여 원앙의 노닒을

---

[1] 삼생(三生)의 하나. 죽은 후에 다시 살아남.

보며 늘그막의 심회를 붙일까 하였더니 조물이 시기하고 우리 팔자 기구하여 천금 같은 귀한 딸이 비명횡사(非命橫死)[2]를 당하니 늙은 이내 몸이 다시 누구를 바라고 이 세상에 살아 남으리요?"
하며, 애통하다가 마침내 기절하고야 말더라.

　좌수 또한 가슴이 메어지는 듯하여 부인을 붙들고 한가지로 통곡하다가 부인이 기절함을 보고 슬픈 중에도 더욱 황망하여 더운물을 떠 오게 하여 구원하고 눈물을 닦으며 위로하여 하는 말이,

　"옛말에 일렀으되 '적선하는 집에 반드시 경사가 있느니라' 하니 우리 부처가 평생에 악한 일을 행한 바 없고 흉년과 추운 겨울에 옷과 밥을 주어 거의 죽게 된 인생을 건져냄이 적지 아니하였기로 천지신명이 계실진대 어찌 우리로 하여금 무남독녀의 참사를 당하게 하리요? 필연 도우심이 있을지니 부인의 마음을 돌이켜 널리 위로하소서."

　부인은 혼미중이라도 좌수의 이 말을 듣고 곰곰 생각하되, '내가 만일 너무 애절하다가 자진하면 가군의 마음이 더욱 어떠하리요' 하고 슬픈 마음을 억제하여 눈물을 거두고 서로 위로하여 마지아니하더라.

　한편 옥랑은 이생(李生)을 내보내고 자서 연약한 여자의 몸으로 홀로 어두운 옥중에 갇혀 있으니 어찌 비참함을 견뎌 내리요. 눈물로 날을 보내니 그 괴로운 정경과 불쌍한 모습은 누구도 차마 눈뜨고 보지 못하겠더라. 그러하나 가군을 무사히

---

2) 제 목숨대로 살지 못하고 뜻밖의 재앙을 만나 죽음.

내보냄을 도리어 막중한 경사로 여기면서 조금도 괴로움을 개의치 아니하고 태연히 견디니 그 절행(節行)은 진실로 만고에 빛나겠더라.

또한 이 시업은 몸을 빼어 집으로 돌아오니 춘발 부부가 버선 발로 내달으며 붙잡고 울기를,

"예로부터 '살인자는 사(死)라' 하였거늘 네 어찌 살아 왔느냐? 네 벌써 죽어서 혼백이 왔느냐? 우리 늙은 두 몸이 너 죽은 후에는 다시 바랄 것이 없는지라, 너의 시체를 감장하고 우리도 너를 따라 한 곳에 죽으려 하였거늘 네 어찌 살아 왔느냐? 아무리 생각하여도 참은 아니요 몽중임이 분명하도다."
하기에 시업이 여쭈기를,

"소자도 역시 죽기로 자처하고 있삽더니 의외로 김 낭자가 여차여차하여 대신 갇히고 소자를 내보내기로 살아 왔나이다."
하며, 낭자의 열렬한 언사를 낱낱이 아뢰니 춘발이 그 말을 듣고 눈물을 흘리며 하늘을 우러러 길게 탄식하여 이르기를,

"아내가 낭군을 위하여 죽은 일이 있다 함은 옛 글에서만 보았을 따름이요, 이 세상에서는 듣지 못하였거늘 어찌 우리 가문에 이러한 일이 있을 줄을 뜻하였으리요? 우리가 명도(命途)가 기박하여 어진 자부를 거느려 가문을 융숭케 하지 못하고 죄 없이 비명횡사(非命橫死)케 하니 타일 구천(九泉)에 가 무슨 면목으로 신부를 대하리요. 오호라! 창창하신 하늘은 굽어살피소서."
하며, 슬퍼함을 마지아니하는지라, 부인도 또한 슬퍼하며 옥랑의 열행(烈行)을 감탄할 따름이더라.

옥랑이 옥에 갇힌 지 수삼일이 지나니 영흥 부사가 좌기(坐

起)¹⁾를 엄숙히 하고 살옥죄인(殺獄罪人)을 끌어내어 문초할새, 옥랑이 큰칼의 무거움을 이기지 못하여 옥졸에게 부축되어 겨우 들어가는지라, 보는 사람들 모두가 불쌍히 여기더라. 부사가 죄인을 살펴보니 전일에 가둔 죄인이 아닌지라 놀라며 수상히 생각한 부사는 일변 옥졸을 잡아들여 꿇어앉히고 꾸짖어 이르기를,

"살인자는 국법이 지엄하거늘 네 감히 죄인을 임의로 바꾸었으니 그 죄는 죽고도 오히려 남음이 있으렷다!"

하여, 사령을 호령하여 형틀에 매어 놓고 벌하며 간계(奸計)를 자세히 아뢰라 하니라.

그러하나 본디 처음에 이 시업을 가둘 때 압송하던 옥졸은 갑자기 병이 나서 들어오지 못하고 다른 오골이 거행하게 되었으니 그 진가(眞價)를 알지 못하였더라. 옥졸들이 천만뜻밖에 이러한 곤경을 당하니 어찌 할 바를 모르다가 즉시 원통함을 일컬으며 아뢰기를,

"소인들이 어찌 감히 막중하온 관령(官令)을 받잡고 간사한 죄를 지을 수 있겠나이까? 소인들은 저 죄인을 처음 압송하옵던 무리가 아니온고로 죄이의 진가를 알지 못하오니 당초에 분부를 받자온 옥리를 잡아들여 문초하옵시면 자초지종이 스스로 밝혀지겠나이다. 소인들은 실로 억울하오니 명정지하(銘旌地下)²⁾에 목숨은 바칠지라도 간계를 꾸민 일은 없사온즉 밝히 통촉하소서."

하니, 부사가 그 말을 옳게 여겨 죄인을 처음 압송한 옥리를 잡

---

1) 관청의 우두머리가 규정된 시각에 출근하여 일을 봄.
2) 명정이란 다홍 바탕에 흰 글씨로 죽은 사람의 품계·관직·성명을 쓴 조기(弔旗)를 말함.

아들이라 하니라.

　이때 그 옥리는 신병이 중하여 목숨이 경각에 달렸다 하는지라 부사가 매우 노하여 하는 말이,

　"병세가 중함이 아니라 더할 나위없는 죄를 저질렀으매 거짓으로 칭병하여 죄를 모면하려 함이니 빨리 잡아들이렸다."
하며 호령이 추상 같으니 나졸들이 성화같이 재촉하더라.

　기실 그 옥리는 병세가 침중하여 기동을 못 할 지경에 이르렀으니 어찌 능히 들어올 수 있으리요마는, 관령이 지엄하니 부득이 들것에 의지하여 들어가게 되니라. 부사가 살펴보니 옥리는 과연 병세가 위급하여 정신이 혼미하고 숨이 곧 끊어질 것 같기에 즉시 도로 내어보내라 하나, 미처 관문을 나지 못하여 죽는지라, 부사는 후회함을 마지아니하더라.

　이러하여 죄인의 진가를 알지 못하겠기로 즉시 옥랑을 형틀에 올려 매고 노한 음성으로 물어 보되,

　"너는 어떠한 사람이기로 감히 죄인을 대신하여 갇히었으며 처음 갇힌 죄인은 어디로 보내었느냐? 사실대로 바로 아뢰되 추후도 은휘(隱諱)[1]치 말렸다!"
하나, 옥랑은 조금도 두려워하는 빛이 없이 태연히 공초(供招)[2]하여 말하되,

　"죄인은 본래 본군 김 좌수의 딸 옥랑이온데 고원 땅이 춘발의 아들 시업과 혼인을 맺었삽기로 금월 15일이 혼례일이오라 친사(親査)를 맺고자 길을 차려 오옵더니 중로에서 불행히도 어망홍리(魚網鴻離)[3]로 뜻밖의 변을 당하와 죽게 되었나이다. 죄

---

1) 꺼려 숨기고 피함.
2) 범죄 사실을 진술함.

첩(罪妾)이 듣자오니 '남자는 여자의 소천이라' 하옵기로 여자의 도리는 타인에게 한번 허락하면 목숨이 다하도록 고치지 아니하는 법이오니 가군이 실지로 죄를 지어 죽을지라도 그 의리는 또 따라 죽사옴이 마땅하거늘 하물며 성문실화(城門失火)로 재앙이 지아비에 미침이오리까? 그러하옵기로 감히 남복으로 갈아입고 옥리를 속여 대신 갇히고 가군을 내보냈사오니, 국법에는 죽을죄를 지었다오나 죄첩의 의리에는 마땅하온지라 당장 죽사와도 한이 없사오니 바라옵건대 속히 형벌을 밝히소서."

이렇듯 낭자의 언사가 매우 씩씩한지라 부사는 이말을 듣고 마음속으로 헤아리되,

'이 지방에 왕화(王化)가 멀므로 풍속이 보잘것이 없어 삼강오륜(三綱五倫)을 제대로 아는 자 드물거늘 어찌 저러한 여자가 있을 줄을 뜻하였으리요? 이는 비록 옛날의 열녀(烈女)라 할지라도 이에서 더할 수는 없을지니, 진실로 아름답고 희한한 일이로다.'

부사는 즉시 사연을 갖추 기록하여 감영(監營)[4]에 장계를 올려 아뢰니 함경 감사가 이 보장(報狀)[5]을 읽어 보고 크게 칭찬하기를,

"하방(遐方)[6] 여자로서 어찌 이런 식견이 있을까 보냐? 이는 진실로 범상한 여자가 아니니라."

하며, 내당으로 들어가 부인에게 그 말을 전하면서 무수히 찬양

---

3) 물고기를 잡으려고 쳐 놓은 그물에 큰 새가 걸린다는 뜻으로, 구하는 것이 아닌 딴 것을 얻을 때 일컫는 말.
4) 감사가 직무를 보던 관아.
5) 상관에게 보고하는 공문.
6) 서울에서 멀리 떨어진 지방.

하니 부인이 또한 칭찬하여 하는 말이,

"여염집 여자로서 어찌 이렇듯 장하리요? 마땅히 일국에 무범이 될 만하오니 어찌 포장(褒奬)치 아니할 수 있겠나이까?"

하니, 감사도 기꺼워하며 이르기를,

"나의 뜻도 또한 그러하오!"

이리하여 감사는 즉시 영흥 고을에 훈령을 내리고 한편 그 전후 사연을 갖추어 조정에 주달하니라.

이때 임금께서는 문신(文臣)을 입시케 하여 역대의 사기(史記)를 논의하시고 계시었는데 승지가 아뢰기를,

"함경 감사가 장계를 올리나이다."

하기에, 상이 승지로 하여금 읽게 하시니라.

승지가 소리를 내어 읽으니 상이 그 사연을 들으시고 만고에 드문 일이라 칭찬하시며 이르기를,

"근자에 세강속말(世降俗末)[1] 되어 비록 사대부의 집이라도 오륜과 삼강을 능히 알아서 밝히는 바 없더니 이시업의 지어미 김옥랑이 한낱 하방 여자로서 더구나 나이 어림에도 불구하고 이렇듯이 절행(節行)이 갸륵하니, 이는 일국은 고사하고 설혹 천하에 공표할지라도 오히려 마땅하며 이로 미루어 우리 나라에 예의가 민멸(泯滅)치 아니함을 천하 사람이 알지니 어찌 아름답지 아니하리요? 시업이 비록 국법을 범하였으되 그 지어미의 아름다운 절행으로써 그 죄를 사하고 벼슬을 주어 널리 포양(褒揚)하겠노라!"

하시고는, 이시업에게 서반당상(西班堂上)을 내려 주시고 정렬

---

1) 세상이 그릇되어 모든 풍속이 아주 어지러움.

부인(貞烈夫人)으로 봉하시어 즉시 함경 감사에게 조서를 내리시니라.

감사는 조서를 받들고 즉시 영흥부로 내려가 옥랑을 석방케 하는 일변 위의를 갖추어 조칙(詔勅)을 받게 하고 김좌수를 불러 그 딸의 교육이 빼어남을 못내 치사하니 좌수는 융숭한 천은에 감격하여 눈물을 흘리더라. 이윽고 김 좌수가 머리를 조아려 사은(謝恩)하고 물러나오니 원근에서 이 소식을 듣고 구경코자 연일 무수한 사람들이 줄을 지어 몰려드니 그 수효는 만인을 내리지 아니하며 보는 이마다 영화로 여겨 극구 찬양함을 마지아니하더라.

김 좌수가 딸 옥랑을 데리고 집에 돌아가니 부인이 내달아 딸의 손을 잡고 일희일비(一喜一悲)하여 말머리를 이루지 못하다가 한참 동안 정신을 가라앉히고 이르되,

"다시 너를 보지 못할 줄 알았더니, 천은(天恩)이 하해(河海) 같으사 죄를 사하시고 도리어 직첩(職牒)[2]을 봉하시고, 이로 인하여 문호를 빛내게 되었은즉 어찌 기쁘지 아니하리요! 기왕 겪은 일은 지금 생각하면 일장 춘몽이로다."

옥랑도 또한 눈물을 거두며 하는 말이,

"이는 하늘이 감동하시고 신명이 도우사 상께서 넓으신 은덕을 내리시므로 다시 부모를 슬하에서 모시게 되오니 어찌 천은이 망극치 아니하오리까?"

하며, 그간 옥중에서 지내던 고초를 눈물어린 목소리로 이야기하더라.

---

2) 조정으로부터의 벼슬아치의 임명 사령서.

이리하여 어제까지도 가중이 적막하여 가을바람이 소슬히 불어치는 것 같더니 이제는 울음이 변하여 웃음이 되매 갑자기 화기(和氣)가 만당한지라, 이웃과 친척과 친지들이 치하함을 마지 아니하더라.

 한편 이시업은 옥랑의 권함을 못 이기어 대신 갇히게 하고 나오기는 하였으되 심신이 매우 산란하여 침식이 여일치 못한지라, 하루는 후원에서 배회하며 울적한 회포를 진정코자 하니라. 때는 바로 춘삼월이라 온갖 꽃이 만발하여 향내가 사람에게 덮치고 아름다운 풀은 땅에 비단 자리를 깐 듯하므로 벌과 나비가 쌍쌍이 오가고 꾀꼬리는 벗을 불러 버들 사이로 날아드니 그 양양자득(揚揚自得)하여 떼를 즐김이 무한한 해옥을 누리는 것 같더라. 시업은 이윽히 바라보다가 슬픈 감회를 참을 길이 없어 한숨 쉬며 탄식하되,

 "저것들은 한낱 날짐승에 불과하나 때를 따라 쌍거쌍래(雙去雙來)하며 조금도 거리낌이 없이 즐거이 지내거늘 나는 무슨 죄로 이러한고? 내 죄에 다른 사람을 죽게 하니 어찌 천지신명이 무심하리요! 반드시 무궁한 죄벌을 당하게 되리라. '천지만눌 가운데 오직 사람이 가장 귀하다' 하거니와 나로 말할진대 저 미물만도 못하거늘 무엇이 귀하다 하리요?"

 이생의 생각이 이러하매 자연 심신이 황홀하여 식음(食飮)이 날로 줄어드니 이는 장차 병이 될 듯한지라, 그는 마음속으로 헤아리되,

 '내가 만일 이러하다가 병을 얻게 되면 부모에게 근심을 끼치게 될지니 불효의 허물을 어찌 면하리요?'

 하고 억지로 태연스럽게 하고자 하나 역시 기색이 날로 변하니

춘발 내외는 근심을 마지아니하여 천지신령께 조석으로 축수하며 김소저가 살아서 풀려 나오기를 바라더라.

하루는 고원 군수가 이시업을 청하기에 무슨 일인지 알지 못하여 내심 두려움을 품고서 하리(下吏)를 따라가 관문에 다다르매, 아전이 사또께 아뢴즉 곧 들라 하여 뜰에 내려 정중히 영접하더라.

시업이 황감하여 절하고 고쳐앉으며 말하기를,

"소생은 치하(治下)의 한낱 백성에 지나지 아니하옵거늘 어찌 이토록 과분한 예로써 대접하시나이까? 실로 황공하나이다."

하니, 사또는 겸손하게 대답하기를,

"이 무슨 말이시뇨? 과히 사양치 마시오. 그대 부인의 절행이 지극함을 성사께서 감동하사 죄를 사하시며 벼슬을 주시어 천하에 공포하시고 그대에게도 또한 사반당상(士班堂上)의 존귀한 벼슬을 내리신지라, 사실로 말할진대 본관이 몸소 귀댁을 찾아 교지(敎旨)를 전할 것이로되 마침 신병이 다시 도지었기로 부득이 앉아서 청하게 되니 소홀한 죄를 면키 어렵거늘 바라건대 용서하시라."

시업이 사또의 말을 들으매 꿈에서 새로 깨어남과도 같은지라, 황공하여 자리를 고쳐 앉으며 대답하기를,

"성은이 하늘을 같으사 죽을죄를 사하시고 다시 벼슬을 내리시오니 어찌 황감치 아니하오리까?"

사또는 아전을 불러 향탁(香卓)을 배설하고 관복을 내어 시업에게 입히고서 교지를 받게 하니 시업은 북향하여 사배(四拜)하며 천은을 축사하고 교지를 받들어 받으니라.

이윽고 시업이 집에 돌아가니 춘발의 내외는 기쁨을 이기지 못하여 하는 말이,

"이는 상천(上天)이 감동하사 성은을 내리시도다."

하며, 매우 기뻐하더라.

이 무렵 김 좌수는 사람을 보내어 기쁜 소식을 전하고 혼일을 다시 가려잡아 알리라 하기에, 춘발이 크게 기뻐하여 일관(日官)을 데려다가 다시 택일하니 추8월 보름날로 나오니라. 그대로 김좌수에게 통지하니 좌수가 마음은 비록 다급하나 가장 길한 날이 그러하다 하니 할 수 없이 그날이 오기를 고대할 따름이더라.

어느덧 찌는 듯한 더위가 물러가고 추풍이 일어 금정(禁庭) 오동잎이 떨어지고 옥로(玉露)가 단단하매 하늘이 맑고 흰 구름이 사교(四郊)에 가득하니 가을철임을 알겠으며 혼례일이 점점 다가오니 양가에서는 혼수(婚需)를 갖추기에 분주하더라.

이러구러 혼일이 지격(至隔)하매 이생이 다시 길을 차려 영흥으로 올라가니, 이때 영흥 부사는 낭자의 혼인 기별을 듣고 풍악을 앞세우고 나오다가 신랑을 중로에서 만난지라, 한가지로 김 좌수의 집으로 들어가니 그 행차가 매우 찬란하여 인근 사람들이 앞을 다투어 구경코자 모여드니 삽시에 이산인해를 이루더라.

신랑이 전안지례(奠雁地禮)[1]를 마친 다음 교배석(交拜席)에 들어가니 신부는 다홍치마 초록적삼에 화관을 쓰고 여러 시녀들의 옹위를 받아 자리에 드니 그 아리따운 자태는 마치 서왕모

---

1) 혼인 때에 신랑이 기러기를 가지고 신부 집에 가서, 상에 가서 절하는 예.

(西王母)²⁾가 요지연(瑤池宴)에 내린 것이 아니면 월궁항아(月宮姮娥)³⁾가 낙포(洛浦)에 내린 것 같더라. 교배례를 파하고 잔치를 베풀어 부사를 비롯하여 여러 빈객을 후히 대접하니, 모두들 입을 모아 좌우의 무궁한 복록을 치하하여 마지아니하더라.

날이 저물어 빈객들이 흩어지매 동방에 화촉(華燭)⁴⁾을 밝히고 신랑과 신부가 마주 앉으니 마치 신랑은 공중의 악작(鸑鷟)이요 신부는 낙포의 복비(宓妃)라, 준수한 용모과 화려한 태도가 서로 비치니, 이는 날개를 의지하여 원앙이 금광에서 물결을 희롱함이 아니면 꼭지가 녹아오른 부용(芙蓉)이 연못에서 이슬을 머금은 듯하더라.

지난 일을 돌이켜 생각하매 슬픈 감회가 엇갈리어 덤덤히 앉아 있더니 신랑이 먼저 허리를 굽혀 보이며 하는 말이,

"만생(晚生)⁵⁾이 우매하여 군자의 행실을 본받지 못하고 한때의 분함을 못 참아 불측한 대환(大患)을 당하였는데 낭자가 의리를 중히 여겨 규중의 연약한 몸으로 주음을 돌아보지 아니하고 사지(死地)로 뛰어들어 죽을 목숨을 대신하여 갇히니 그 동안의 고생은 차마 상상할 수 없기로 새삼 말할 거리가 없거니와, 만생의 심정이야 어찌 토로(吐露)하지 않을 수 있으오리까? 그 동안 마음이 불안하고 지나쳐서 바야흐로 병이 골수에 들어

---

2) 중국 상대(上代)에 받들었던 선녀의 하나. 성은 양, 이름은 회. 주나라 목왕이 서쪽으로 곤륜산에 사냥을 가서 서왕모를 만나 요지에서 노닐며 돌아옴을 잊었다고 함. 또 한나라 무제가 장수를 원하고 있을 때, 그를 가상하게 여겨 하늘에서 선도(仙桃) 일곱 개를 가지고 내려와 무제에게 주었다고 함.
3) 월궁 속은 선녀 항아라는 뜻으로, 절세의 미인을 두고 일컫는 말.
4) 혼례 의식 등에서의 석상(席上)의 등화. 뜻이 바뀌어 혼례.
5) 선배에게 대해 자기를 낮추어 일컫는 말.

자칫하면 불효의 허물을 벗어나지 못하게 되었거늘 천지가 낭
자의 정성에 감동하시고 신명이 낭자의 정절을 굽어 살피시와
천만뜻밖에 죽을 죄를 풀려날 뿐더러 무상의 은명(恩命)[1]을 내
리사 가문을 빛내고 끊어진 인연을 다시 맺으니 낭자의 은혜는
오히려 태산(泰山)[2]이 가볍고 황하(黃河)[3]가 얕으니 백골난망
이라, 장차 무엇으로 그 만분의 일인들 갚으리요? 만생은 다만
부끄럽고 무안하여 실로 몸 둘 곳을 알지 못하니 바라건대 낭자
는 이 우매한 사람을 용서하소서."

하니, 옥랑은 낯빛을 바로 하며 대답하되,

"'천지만물 가운데 오직 사람이 귀하다' 하옴은 윤상(倫常)이
있음을 이르옴이라, 만일 그것을 알지 못하오면 나는 새나 기는
짐승과 무엇이 다르오리까? 첩이 비록 불민하오나 어렸을 때부
터 옛날의 절부열녀의 아름다운 행실을 본답고자 하였삽나니
무엇이 기특한 일이라 할 것이오며 또 뜻밖의 은명이 내리심은
성상(聖上)께서 호생지덕(好生之德)[4]이 하늘과 같으사 죽을 목
숨을 불쌍히 여겨 특별 용서하심이요, 벼슬을 봉하심은 군자의
넓으신 복록(福祿)의 소치오니 어찌 첩으로 인연함이오리까?
뜻밖에도 군자께서 과도히 칭찬하시오니 부끄러울 따름이옵니

---

1) 임관·면죄 등 임금이 내리는 고마운 명령.
2) 중국의 유명한 산. 산동성 태안의 북쪽 오악(五嶽) 중의 동악의 일컬음. 예로부터 천자
가 제후를 이곳에 모아 놓고, 때때로 하늘에 제사를 지냈음.
3) 물에 황토가 섞여 누른 빛으로 흐려 있어 이 이름이 있음. 중국 제2의 대하(大河). 통칭
하(河). 청해성 파안객라 산맥의 북쪽 기슭에서 발원하여 섬서·산서의 성경(省境)을
남하하고 분수·위수·낙수 등의 대지류를 합하며, 호남성에서 하류는 홍수로 인해 물길
이 가끔 변하지만 현재는 발해로 흘러 들어감.
4) 사형에 처할 죄인을 특사하여 목숨을 살려주는 제왕의 덕.

다."
 이생은 낭자의 언사가 매우 공손하고 경건함을 보고 더욱 더 아내를 경중(敬重)하게 여기며 밤이 깊으매 원앙의 금침을 헤치고 자리에 드니 그 흡족한 사정을 능이 어디에 비하리요.
 이러구러 삼일을 지내니 좌수 부처의 사랑함이야 어찌 다 말할 수 있으리요마는, 딸아이를 떠나 보낼 일을 생각하매 슬픔이 새로이 일어나는지라, 김 좌수는 한숨 쉬며 탄식하기를,
 "우리 연광(年光)이 60이 넘었으니 장차 누구를 의지하여 여생을 보내느뇨?"
하며, 슬픔을 이기지 못하니, 그 정상이 실로 가긍하더라.
 그러하나 여필종부(女必從夫)라 이미 혼인을 마쳤거늘 어찌 시가로 보내지 않을 수 있으리요. 3일을 치르매 신랑 신부는 위의를 갖추고 고원 땅으로 떠나니라.
 이 춘발 내외가 폐백(幣帛)5)을 받고 신부를 자세히 살펴보니 아리땁고도 그윽한 태도가 월등한지라, 진실로 아들과는 천장배필(天定配匹)이요 아울러 덕행과 의리를 따름이 옛 사람을 압도하니 그 기뻐함을 어찌 다 비길 데 있으리요? 큰 잔치를 베풀어 이웃과 친척들을 모으고 크게 즐기니, 치하하며 부러워하는 말이 그치지 아니하더라.
 춘발이 새로 맞은 자부를 대하여 이르되,
 "우매한 자식이 작은 일로 참지 못하고 대환을 당한고로 할 수 없어 천명만 기다렸더니 현부(賢婦)의 뛰어난 의리로 인하여 자식이 죽을죄를 벗어나고 무상한 천은을 입어 문호가 빛나니

---

5) 신부가 처음으로 시부모를 뵐 때 큰절을 하고 올리는 대추나 포 같은 것.

현부의 어진 절행(節行)을 뉘 아니 칭송하겠느뇨? 현부는 비단 나의 며느리가 될 뿐 아니라 우리 집이 은인(恩人)을 겸하였으니 장차 무엇으로 이 신세를 갚겠느뇨?"
하니, 신부 옥랑은 옷섶을 시다 여미며 물러앉아 여쭈기를,
"가군이 저간에 재앙을 입었음은 오로지 첩의 죄악이 많았던 탓이옵는데 시부모님의 넓으신 복으로 가군이 위태함을 벗어났삽고 첩에게도 또한 죽음을 사하셨으니 무엇을 첩의 공이라 하겠나이까? 의외로 칭찬하심을 받자오니 황공할 따름이옵니다."
춘발의 부부 이 말을 들으니 더욱 기특한 생각이 들어 한결같이 며느리를 아끼며 사랑하여 마지아니하더라.
옥랑은 이로부터 시부모를 지성으로 효양하고 친척들과 화목하며 비복들을 인의(仁義)로써 부리니 이웃과 친척들의 송성(頌聲)이 자자하고 비복들도 우러러 순종하더라.
그러하나 옥랑이 집을 떠나 부모의 슬하를 멀리한 지 오래매 항상 부모의 외로움을 염려하기에 이생이 그 정경을 가긍히 여겨서 이웃에 집 한 채를 새로 이룩하고 좌수를 청하여 옮겨 살게 하니 좌수는 애중히 여기던 딸을 멀리 보내고 마음을 붙일 곳이 없어 슬퍼하던 중 마침 서랑의 간청함을 듣고 즉시 고원 땅으로 반이(搬移)[1]하니라. 옥랑은 매우 기뻐하며 두 집 사이에 협문을 만들고 주야로 오가며 시부모와 친부모를 두루 효양하더라.
하루는 이생이 옥랑에게 이르기를,
"장인 장모 생전에는 그대가 효심을 다하여 봉양을 하나 백

---

1) 짐을 옮겨 이사함.

세 후에 세상을 버리시면 김씨의 조상 향화(香火)를 누구한테 맡기겠느뇨? 만생(晚生)의 생각에는 가까운 일가 중에서 어진 사람을 가리어 장차로 장인 장모의 후사를 받들도록 양자로 삼음이 좋을 듯하오."

이 말을 듣자 옥랑은 탄식하며 대답하되,

"그러한 것을 생각지 못함은 아니오나 집안이 원래 외롭고 단출하여 도움을 받을 만한 친척이 없삽고 또 부모의 일정하신 의향이, '양자라는 것은 외양뿐이요 별로이 쓸모가 없는 법이라' 하시옵는고로 지금껏 말씀을 드리지 못하였나이다."

하니, 이생이 다시 이르기를,

"실상은 그러할지라도 조상의 향화야 어찌 돌아보지 아니하리요? 한번 말씀을 사뢰어 타인의 비평을 면하시게 하오."

옥랑은 낭군의 말을 옳게 여겨 하루는 조용히 부모에게 이생의 말을 아뢰니 좌수 부처 다소 슬픈 심정으로 하는 말이,

"우리 두 내외는 팔자가 기구하여 아들 하나 두지를 못하였으니 이제 새삼 양자를 들여본들 무슨 보람이 있겠느뇨? 만약에 사람됨이 여의치 못할진대 도리어 화근이 되겠기로 지금껏 생심치도 아니하였노라."

하기에, 옥랑이 다시 여쭈기를,

"그러하오나 인륜(人倫)이야 어찌 폐하오리까? 듣자오니 구촌(九寸)의 아들 정희가 나이는 비록 어리나 공부에 열심하고 천질(天質)이 영민하며 부모께 효행(孝行)이 있다 하옵는데 무릇 '효도는 백행(百行)의 근본이라' 하오니 효심이 있사오면 모든 행실을 다시 말씀할 것이 없사온즉 정희를 양자로 데려다가 후사를 받들게 하심이 좋을까 하나이다."

딸의 말을 옳게 여긴 김 좌수는 고향인 영흥으로 나아가 정희의 아비를 보고 솔양(率養)¹⁾할 뜻을 밝히니 정희 아비는 본디 좌수의 덕행을 추앙하던 터라 조금도 꺼리지 아니하고 한마디로 허락하니라. 좌수가 매우 기꺼워하며 정희를 데리고 고원으로 내려오니 부인과 옥랑이 한가지로 기뻐하며 친아들과 동기같이 사랑하니라. 이때에 정희의 나이 14세더라. 그의 나이 비록 어리나 일찍부터 학업에 잠심(潛心)하고 아울러 총명하고 영리하매 배워서 깨달음이 뛰어나 좌수 부처를 친부모같이 효성으로 모시며 옥랑을 장형(長兄)과 친누이로서 받드니 그들은 더욱 사랑함을 마지아니하더라.

어느덧 세월이 흐르고 해가 바뀌니, 이때에 사해(四海)가 태평하고 조정에 일이 없으매 우순풍조(雨順風調)²⁾하고 가급인족(家給人足)³⁾하여 곳곳에서 격양가(擊壤歌)⁴⁾를 부르더라. 이럴 즈음 나라에서 태평과(太平科)를 베풀어 어진 선비를 가려 내고자 각 도읍에 조서(詔書)를 내리시니 옥랑은 과거의 기별을 듣고 가군에게 이르기를,

"첩이 듣자오니 나라에서 태평과를 보이신다 하오니 군자께서 세상에 태어나 어려서 오경(五經)을 다스리시고 백 가지 서적에 통요하오움은 그 뜻이 장차 벼슬길에 올라 입신양명(立身揚名)하고 성군을 도와 만인을 밝게 다스려 은택(恩澤)이 사회에

---

1) 양자를 삼음.
2) 바람이 불고 비 오는 것이 때와 분량의 알맞음.
3) 어느 집 사람이나 의식에 부족함이 없이 생활이 풍족함.
4) 풍년이 들어서 놀부가 태평한 세월을 즐기는 노래. 중국 당뇨(唐堯) 때 늙은 농부가 태평한 세월을 즐거워하여 격양하면서 부른 노래라고 함.

덮이고 이름이 죽백(竹帛)⁵⁾에 남아서 부모께 영화로움을 보이시고 아름다운 이름을 누리게 하려 하심일지니 이제 군자께서 서울에 올라가 월계의 첫째 가지를 꺾으시니 머리에 어사화(御史花)⁶⁾를 꽂고 몸에 청포(靑袍)를 입고 손에 옥홀(玉笏)을 잡고 돌아오신다면 어찌 사람으로서 상쾌한 일이 아니 되겠나이까? 바라옵건대 군자께서는 행리(行李)를 차려 서울로 올라가소서."

하고 권고하니, 이생은 그 말을 받아들여 즉시 행구를 갖추고 부모와 좌수 부처를 하직하고 떠나려 할 때 아내의 손을 잡고 일러두되,

"부모를 봉양함에 부인이 나보다도 한결 각근(恪勤)함은 일찍이 아는 바라 다시 부탁할 것이 없겠으나 천만번 바라건대 내가 떠난 후에는 부모님의 염려가 자심하실 터이니 때로 위로하여 주오."

옥랑이 대답하되,

"군자께서 집에 계실 때에도 첩이 감히 태만치 못하였삽거늘 하물며 계시지 아니함이리요? 정성을 다하여 혼정신성(昏定晨省)⁷⁾과 위로하여 드림을 잊지 아니하여 외로이 가시는 군자의 마음을 안온케 하오리니 염려치 마소서."

---

5) 서적이나 사기(史記)를 일컫는 말. 옛날 종이가 발명되기 전에 대쪽이나 포백에 글을 써서 기록한 데서 유래함.
6) 옛날 문무과의 급제자에게 임금이 하시던 꽃. 길고 가는 참대오리 둘에 푸른 종이를 감고 서로 비틀어 꼬아 그 사이에 종이로 보라·다홍·누렁의 세 가지 무궁화 송이 조화를 만들어 끼웠음. 한 끝을 복두(幞頭)의 뒤에 꽂고 다른 한 끝을 붉은 명주실로 잡아 매어 머리 위로 휘어 넘기게 하고 실을 입에 묾.
7) 혼정과 신성. 곧 조석으로 부모의 안부를 물어 살핌.

하니, 이생은 무수히 치사하고 길을 떠나니라.

고원을 떠난 지 10여 일 만에 무사히 상경한 시업은 객사를 정하고 곽일을 맞으며 의관을 정제하고 과장(科場)으로 들어가니 사방 선비들이 구름같이 모여들었더라.

조금 후에 글제를 내어거는데 살펴보니, '강구에 문동아요 '康衢聞童兒謠)라' 하였으니 이는 평소에 익히 짓던 바이라 시지(試紙)를 펼쳐 놓고 별로이 생각할 것 없이 일필휘지(一筆揮之)하니 글은 사마천(司馬遷)[1] 동중서(董仲舒)[2]요, 필법은 왕희지(王羲之)[3] 구양순(歐陽詢)[4]이라. 이생이 서슴지 아니하고 일천(一天)에 올렸더니 상이 그 글을 보시고 용안에 기쁨을 띠시며 크게 칭찬하며 이르시되,

"이 글을 보매 충군애국(忠君愛國)하는 마음이 글장에 나타나 있으니 그 사람을 가히 알리로다."

하시며, 글자마다 비점(批點)[5]을 찍고 구절마다 관주(貫珠)[6]를 치시어 장원 급제를 주시고 비봉(秘封)[7]을 떼어 보시니 함경도 고흥군 이춘발의 아들 이시업이요 금년 17세라 하였더라.

상이 차례로 여러 글을 살피시고 호명하기를 명하시니 시업

---

1) 중국 전한의 역사학자. 자는 자장. 기원전 108년에 태사령이 됨. 기원전 104년에 공손경과 함께 태초력을 제정하여 후세의 역법의 기초를 이룸.
2) 중국 전한의 유학자. 광천 출생. 호는 계암자. 춘추 공양학을 수학하여 하늘과 사람의 밀접한 관계를 강조했음.
3) 중국 진대의 서가. 자는 일소. 해서·행서·초서의 세 가지 서체를 전아하고 웅경하게 귀족적인 서체로 완성했음.
4) 당나라의 서가(書家). 자는 신본. 글씨를 왕희지에게 배워 해서의 모범이 되었음.
5) 시가·문장 등을 비평 또는 정정하여 매기는 평점.
6) 글자나 시문의 잘된 곳에 그리는 권점.
7) 남에게 보이지 않으려고 엄중히 봉함.

이 호명 소리를 듣고 만인 총중을 헤치고 탑전(榻前)에 엎드리니 상이 시업의 사람됨이 준수하며 특출함을 보시고 더욱 칭찬함을 마지아니하시고 어사화를 주시니 시업은 사은숙배(謝恩肅拜)하고 물러나니라.

시업이 3일 유가를 마치고 상이 다시 인견하시고 한림대제교(翰林大題校)에 겸 영흥 부사를 제수하시니 이장원은 계주사은(啓奏謝恩)하고 물러나와 객사로 돌아가 고향에 기별하고 이튿날에는 삼공육경(三公六卿)⁸⁾을 하직하고 고향으로 내려가니라.

이미 기별을 듣고 기뻐하는 양가에서는 잔치를 준비하고 기다리는데 이장원 여러 날 만에 돌아와 부모와 좌수 내외를 뵈니 그 즐거워함은 어찌 다 기록하리요. 3일 소연(小宴)을 마치고 영흥부 신연(新延)⁹⁾이 위의를 갖추고 대령하니 이부사(李府使)는 신연을 거느리고 도임할 제 거리에는 구경꾼이 물 끓듯 하며 칭송하는 소리에 귀가 막힐 것 같더라.

이 부사는 도임한 지 3일에 큰 잔치를 베풀어 원근 사람들을 청하여 종일토록 즐기고 지난날을 돌이켜 영흥옥에 갇혔을 적에 간호하던 옥졸들을 후이 상 주며 또한 병들어 죽은 옥리(獄吏)의 아들에게도 후한 상금을 내려 전일의 은혜를 갚으니라.

그로부터 선정(善政)을 베풀어 청백함을 숭상하여 백성을 사랑하니, 도둑이 그 자취를 멀리하고 송사(訟事)¹⁰⁾도 어느덧 끊어지고야 말더라. 이리하여 관하에 일이 없고 태평하매 도둑이 떨어진 물건을 집지 아니하고 밤에도 백성들이 문을 닫지 아니

---

8) 조선 시대 때의 삼정승과 육조 판서.
9) 도나 군의 장교나 이속들이 새로 도임하는 감사나 수령을 그 집에 가서 맞아 오는 일.
10) 백성끼리의 분쟁을 관부에 호소하여 그 판결을 구하던 일.

하더라.

　세월이 여류하여 이 부사가 과만(瓜滿)[1]이 되매 함흥 감사가 부사의 선정을 조성에 주달하니 상이 이를 아름답게 여기시어 다른 고을로 옮기려 하시거늘 이 부사는 부모의 나이 늙으므로 벼슬에 뜻이 없음을 나라에 아뢰니 상이 그 효심을 기특히 여겨 부모의 백세를 마친 연후에 나라를 도우라 하기며 금은채단(采緞)을 많이 하사하여 부모를 보상케 하시더라.

　부사가 천은을 못내 기리며 고향으로 돌아와 조석으로 부모를 섬기며 농업에 힘쓰니 가산이 더욱 불어나고 한편 슬하에 자녀를 두매 부모를 닮아 모두가 옥인숙녀(玉人淑女)라 자라서 명문거족에 남혼여가(男婚女嫁)[2]하니 부귀(富貴)는 일세에 극진하더라.

　춘발의 부처 나이 80여 세를 누리고 구몰하니 부사 내외 극히 애통하여 선산에 안장하고 삼년상을 마치니 나라에서 다시 불러 수령방백(守令方伯)을 차례로 제수하시고 다시 내직(內職)으로 들어가 여러 벼슬을 거쳐 호조판서(戶曹判書)[3]에 이르니 그 무궁한 복록을 부러워 아니할 이 없더라.

---

1) 벼슬의 임기가 다 됨.
2) 아들은 장가가고 딸은 시집감.
3) 조선 시대 호조의 정이품 으뜸 벼슬.

작품 해설

　조선 시대의 윤리 소설로, 지은이와 집필 연대는 알려져 있지 않다. 형태로 봐서 면수도 적고, 사건도 단순한 작품이다. 이 작품은 처음부터 끝까지 모든 것이 현실적으로 구성되고 표현되어 있어 비현실적인 구성이지만 전기적 표현은 전혀 찾아볼 수 없다. 이 작품의 소재가 되었을 만한 전설이나 설화를 아직 찾지는 못했지만, 〈옥낭자전〉이 허구적인 작품이라면 조선 소설에서도 드물게 보는 사실적 소설이다.
　비록 조선 소설의 공통적 표현법인 서술적 표현을 사용했으나 현실에 충실한 표현을 했다. 사건 전개에 있어서도 조선 시대 소설에서 남용되던 우연성을 전혀 찾아볼 수 없으며, 모든 것이 필연적으로 전개되었다. 작품의 주제는 남편에 대한 정절인데, 주인공은 부모에 대한 효성보다도 부부지의(夫婦之義)를 더 중하게 보고, 부모에 대해서는 불효가 되더라도 자기 몸을 희생하여 남편을 구출하고자 했다.

명나라 만력연간에 조선국 함경도 고원 지방에 사는 이시업이 영흥 지방에 사는 김좌수의 딸 옥랑과 약혼하고, 하인을 데리고 성례하러 가는 도중이었다. 때마침 영흥 토호의 일행과 마주쳤는데, 토호가 시업을 향해 시비를 걸어 하인을 시켜 구타하려고 했다.
　이에 시업의 하인과 토호의 하인이 서로 맞붙어 싸우다가 토호의 하인 중 한 명이 시업의 하인에게 맞아 죽었다. 시업은 하인을 지휘하여 사람을 죽였다는 살인죄로 투옥되었다. 한편 영흥 김좌수 집에서는 만반 준비를 해놓았다가 이 소식을 듣고 소동이 벌어졌다. 이때 신부인 옥랑은 가만히 남자 복장을 하고 옥문으로 갔다. 옥랑은 옥리에게 시업과는 죽마고우이니 한 번만 면회시켜 달라고 애원했다. 옥리가 기특히 여겨 들어가서 면회하도록 했다.
　옥랑은 시업을 만나 찾아온 뜻을 고했다. 펄쩍 뛰는 시업에게 만일 자기의 결의를 받아주지 않는다면 차라리 남편이 될 시업이 사형당하기 전에 죽겠다면서 비수를 꺼내 자결하고자 했다. 어쩔 수 없이 옷을 갈아입은 시업은 옥랑를 남겨둔 채 무사히 빠져나왔다. 하루는 부사가 시업을 불러 문초하려고 했다. 그때 속은 것을 안 부사는 크게 노했으나 옥랑이 말하는 자초지종을 듣고는 감격했다.

부사가 이 사실을 나라에 보고하자 나라에서는 천고에 드문 절행이라고 칭찬하고, 시업의 죄를 사하는 동시에 옥랑을 정렬부인으로 봉했다. 시업과 옥랑은 다시 택일하여 파란 많은 인연을 이루었다.

이 작품의 목판본은 없고, 활판본이 1925년에 발행되었다.

┃구 인 환┃

서울대학교 사범대학 국어교육과 졸업
서울대학교 대학원 국어국문과 수료(문학 박사)
서울대학교 사범대학 교수
국어국문학회 대표이사 및
한국소설가협회 이사
문학과문학교육연구소 소장
서울대학교 명예교수

판 권
본 사
소 유

우리 고전 다시 읽기

장화홍련전

초판 1쇄 발행 2003년 2월 20일
초판 9쇄 발행 2016년 9월 30일

엮은이 구 인 환
펴낸이 신 원 영
펴낸곳 (주)신원문화사

주　소　서울시 강서구 금낭화로 135(금강프라자 B1)
전　화　3664-2131~4
팩　스　3664-2130

출판등록　1976년 9월 16일 제5-68호

＊ 잘못된 책은 바꾸어 드립니다.

ISBN 89-359-1138-0 04810